Vom Erzählen erzählen?
Christoph Ransmayr hat sich neben der Arbeit an seinen in alle Weltsprachen übersetzten Romanen immer wieder programmatisch mit den *Spielformen des Erzählens* beschäftigt – in seinem Prosaband *Der Weg nach Surabaya* etwa, auch als *Dichter zu Gast* der Salzburger Festspiele im sieben Abende umfassenden Zyklus *Unterwegs nach Babylon.*

In der *Verbeugung des Riesen* verwandelt Ransmayr Gefährten und Freunde in Gestalten seiner Erzählungen – unter ihnen der Dichter Hans Magnus Enzensberger, der Philosoph Karl Markus Michel, der Theaterdirektor Claus Peymann und – als Weggefährte im Tiefschnee des westlichen Himalaya – auch der Nomade Reinhold Messner. Virtuos und mit manchmal verblüffender Ironie führt Ransmayr dabei vor, wie sich das Nachdenken über Spielformen des Erzählens wieder in Geschichten verwandelt.

Christoph Ransmayr

Die Verbeugung des Riesen

Vom Erzählen

S. Fischer

Shou!

Ein strenger Kalligraph des chinesischen Nordens würde wohl die Nase über das im Umschlagfenster abgebildete Zeichen *Shou* rümpfen – nicht über seinen Inhalt, der für den Wunsch nach einem langen Leben steht, sondern über seine Ausführung: zu protzend, zu golden, zu prall. Die Straßenhändler des chinesischen Südens, die dieses Zeichen in Messing gegossen als Glücksbringer feilbieten, sind darüber freilich anderer Meinung. Also: *Shou – Ein langes Leben!*: Vor dem Tor des Seefahrerfriedhofs in Macau gekauft von Christoph Ransmayr und fotografiert von Willy Puchner.

Druck und Bindung: Clausen & Bosse, Leck
Printed in Germany
ISBN 3-10-062926-4

Inhalt

1
Auf und davon
Erinnerungsblatt für eine Reisegefährtin

Kaschmir, Nepal, Bhutan … und weiter auf staubigen und schlammigen Straßen und monsunverhangenen Luft- und Wasserwegen, den Brahmaputra hinab, die Küste des Bengalischen Golfs entlang und durch das Andamanische Meer bis in den Malaiischen Archipel, nach Sumatra und Java und Borneo … Auch Borneo? Ja, ich glaube, bis nach Borneo … Eine große Reise jedenfalls, nach Asien und Indonesien, eine Weltreise! Und das gleich am ersten Tag unserer Bekanntschaft.

Die Weltreise fand an einem Oktobertag des Jahres 1988 in Frankfurt am Main statt, es war während der sogenannten Buchmesse und ein heiter bis wolkenloser, schwach windiger Herbsttag für alle, die aus den Hallen dieser Messe ins Freie flüchteten. Aber wir, liebe Reisegefährtin, suchten unseren Weg an diesem Nachmittag weder im Freien noch im Gewühl zwischen Ausstellungsständen, Theken und Büchertürmen im Inneren von Messehallen, die keine Namen, nur Kennungen trugen, sondern wir suchten einfach das Weite und kamen dabei bis nach Borneo, jetzt weiß ich es wieder, wir kamen bis ins Südchinesische Meer, an die Küsten von Sabah und Sarawak auf Borneo.

Zur Vorgeschichte unserer Reise gehört wohl, daß es für mich damals das erste und für lange Zeit auch das letzte Mal war, daß ich eine Buchmesse besuchte. Ein Roman, den ich geschrieben hatte und der soeben erschienen war, hielt mich in diesen Tagen an jenem teils imaginären, teils umkämpften Ort gefangen, von dem ich bis dahin geglaubt (oder zumindest gehofft) hatte, er wäre als *Literarische Welt* so etwas wie eine Zuflucht für alle, die sich um Erzählungen, Dramen oder Gedichte bemühten. Dichter, Leser, Verleger, auch Rezensenten waren mir in diesem Glauben als Wahlverwandte erschienen, die einander nicht immer gut, aber doch einigermaßen verständnisvoll gesonnen waren – schließlich schien die ganze, durch Büchergebirge irrende Familie doch ähnlichen Zielen zu folgen ... Familie. Verwandtschaft. Verständnis. Was für ein Irrtum.

Auch am Tag unserer Weltreise, liebe Gefährtin, erschien die Frage berechtigt, warum es denn ausgerechnet auf einem Buchmarkt verständnisvoller und freundlicher zugehen sollte als auf einem Viehmarkt, Fischmarkt oder einer Gebrauchtwagenbörse. Das Reich der gedruckten, *verlegten* Poesie lag plötzlich als ebenso weites wie steiniges Feld vor uns, auf dem einmal Rugby, ein andermal Krieg gespielt wurde. Wenn ich mich recht erinnere, wollte ich damals, war es der Abend des ersten oder der Morgen des zweiten Tags meines Messebesuchs?, nichts wie zurück ins Innere meiner Geschichte, ins Innere *meiner* Welt. Anders gesagt, ich wollte, auch wenn mir das in Augenblicken des Zweifels selber ein bißchen überstürzt, zimperlich, ja sogar kindisch erschien, nichts wie weg. Auf und davon.

Ich war jedenfalls fluchtbereit, liebe Reisegefährtin, als mich Ihre Einladung zum Aufbruch erreichte, handgeschrieben auf einem Bogen Büttenpapier, der Ihren Namen und die Adresse Ihres Hauses trug: *Monika Schoeller. S. Fischer Verlag. Frankfurt am Main.* Das heißt, eigentlich enthielt Ihr Brief keine Einladung zum Aufbruch, sondern nur eine zum Gespräch – aber wo in diesen namenlosen Hallen hätte man besser und ungestörter reden können als unterwegs, als im Gehen? Auch die Erzähler, Leser, Büchernarren und Büchermacher zogen ja in Scharen an den Verlagsquartieren vorüber und blieben überall dort stehen, wo schon ein anderer auf den bloßen Verdacht hin stehengeblieben war, daß es hier, daß es dort, etwas zu sehen, zu hören oder sonstwie zu gewinnen gab.

Wir trafen uns also irgendwo im Gewühl und blieben kaum stehen, sondern von Anfang an in Bewegung, gingen gemeinsam weiter und erreichten überraschend schnell den Rand dieser Bücherwelt, einen schmalen, stilleren Korridor zwischen den Rückwänden der Ausstellungsbauten und der Hallenwand – ein Niemandsland, in dem auf den ersten Blick nichts zu sehen und nichts zu gewinnen war. Wir spazierten durch diesen Korridor, umrundeten einen summenden Markt und reisten, indem wir vom Reisen sprachen. Schließlich durchmißt jeder, der sich einmal auf den Weg gemacht hat, nicht nur die Fremde, sondern immer auch das eigene Gemüt und ist so manchmal immer noch (oder schon wieder) weit fort, obwohl er immer noch (oder schon wieder) in einem Winkel seiner Heimat hockt.

Was hinter den fensterlosen Hallenwänden und Büchermauern lag, waren plötzlich nicht mehr die Schauplätze einer Messe, sondern der Tempelbezirk Pashupatinath in Kathmandu, die Gassen der Silberschmiede in Delhi, und was wir hörten, war nicht mehr das Frankfurter Stimmengewirr, es waren die Klagelieder an den Sarkophagen von Shah Jahan und seiner im Wochenbett gestorbenen Mumtaz Mahal, die Marktschreier in Rangoon und Surabaya und das Summen wilder Bienenschwärme in den Ruinen von Fatehpur. Aber wohin es uns auch zog, wir sprachen unterwegs weder über die Mühen des Erzählens noch über die Zwänge der Buchmacherei, sondern nur und vom ersten Schritt an von der ebenso unwahrscheinlichen wie kostbaren Freiheit, aufzubrechen – wohin auch immer ... Und wenn die Rede dabei dann doch auf Bücher kam, dann nur, um Reisebibliotheken zu erstellen, für jede Route eine andere Bibliothek. Im Gepäck eines Menschen auf seinem Weg wiegt schließlich nichts schwerer und nichts leichter als ein Buch.

Auch von Träumen sprachen wir, die unterwegs, in der Fremde, manchmal um so vieles deutlicher und eindringlicher werden konnten als an jedem vertrauten Ort, und während ich Ihnen die Route einer bevorstehenden Reise in den Himalaya, nach Indien und weiter nach Südostasien und Indonesien zu beschreiben versuchte, erinnerten Sie sich an die Stille Bhutans und die Farben Borneos. Was heißt beschreiben, was heißt erinnern, wir *waren* unterwegs, sahen die Farben, hörten die Stille und versetzten uns aus einer lärmenden Halle immer weiter hinaus in die Welt:

Auf den Müllhalden von Delhi loderten offene Feuer, an denen sich in Lumpen und Papierfetzen gehüllte Bettler in einer Januarnacht wärmten. Im Haus eines Sikhs hielt ein mit Gewehr und Messern bewaffneter Koch Wache und horchte dem Geschrei empörter Hindus nach. In Kuala Lumpur wurde ein Drogenhändler gehängt, während an einem Riff der Javasee eine mit Pilgern besetzte Fähre kenterte und sank. In Srinagar und an der Grenze zwischen dem

Punjab und Kaschmir errichtete die Armee, irgendeine Armee, Nester für Maschinengewehrschützen und verschloß eine Gasse mit einer Barriere brennender Fässer.

Auch auf unserer Reise, liebe Gefährtin, blieb nicht verborgen, daß die Welt so wunderbar wie schrecklich sein konnte, und wir sahen Schönes und Schreckliches und fanden das Weite noch im dichtesten Frankfurter Gewühl und trennten uns schließlich mit jenen Wünschen, mit denen Reisende auf einem Pier am Indischen Ozean ebenso auseinandergehen wie auf einem Bahnsteig Europas und dabei nicht an den Abschied denken, sondern an das Glück, das möglicherweise noch vor ihnen liegt – und wünschten einander, was wir uns immer noch wünschen: *Gute Reise. Leben Sie wohl.*

2
Die Erfindung der Welt
Fragen, Antworten

Wie kalt und unbewegt ist die Meerestiefe vier- und fünftausend Meter unter dem Kiel eines Frachters, der auf einer transatlantischen Route im Sturm liegt? Wie heißen die Leuchtfische, die durch dieses Dunkel schweben?

Was ist das – *Dunkelheit*? Und was bedeuten *Angst*, *Trauer* oder *Hoffnung*? Was ist ein *Abschied*? Was geschieht, wenn zwei Liebende an einem Pier voneinander lassen müssen? In welchem Hafen? Oder ist es gar kein Pier, gar kein Hafen, sondern ein Bahnsteig oder bloß ein ungeheiztes, straßenseitiges Zimmer, in dem die beiden sich zum letzten Mal in den Armen halten? Was sagen sie zueinander? Bleiben sie stumm? Ist es Abend? Früher Morgen? Und der Himmel, unter dem der Verlassene schließlich zurückbleibt – ist er leicht bewölkt, verhangen oder blau und leer?

Ein Hund beginnt zu bellen. Wo? In welchem Hinterhof? Oder dringt dieses wütende Kläffen aus der Kaserne auf der gegenüberliegenden Seite des Platzes? Welcher Platz? Aber das ist doch ein Hund? Oder ist es bloß das Geräusch einer Maschine? Eines Motors? Wie funktioniert ein Verbrennungsmotor? Ist das Knallen einer Fehlzündung noch durch das Tosen eines Wasserwehrs zu hören? Oder war das ein Schuß?

Wie ist es, wenn einer im Lärm der Welt taub wird? Das Klingen in seinem Kopf – soll das der Ton seines eigenen Blutes oder bloß der Nachhall von etwas sein, das nun für immer an die Stille zurückfällt? Was macht einen Menschen blind? Und was gewalttätig?

Wie lange dauert die Polarnacht in der Allerheiligenbucht von Novaja Zemlja? Wie tief ist ein Grab? Wie viele Sitze drehen sich an einem Kettenkarussell? Und diese helle Barriere im Hintergrund – sind das Berge? Ein verschneites Gebirge? Wann begann es zu schneien? Und was verschwand im Schneetreiben? Und dann? Was geschah dann? Und weiter? Und immer weiter …

Wenn einer zu erzählen beginnt, muß er solche und ähnliche und unzählige andere Fragen zu beantworten imstande sein und muß doch nach jeder Antwort immer neue Fragen an sich und die Welt richten. Aber länger, viel länger als er jemals antworten, sprechen und erzählen wird, muß er wohl stillhalten und schweigen und den Menschen bloß zuhören und ihre Lebensläufe, ihre Wohnungen, ihre Wege, Felder und Schlachtfelder, Vorgärten und Müllhalden bloß betrachten, bis er sich endlich erheben und so etwas Ähnliches wie *Es war … Es war einmal* sagen kann.

Auf dem Weg ins Innere seiner Geschichte, schon bei der Beschreibung eines Abendspazierganges, beispielsweise durch eine nördliche Küstenstadt, kann ein Erzähler auf lange Reihen bemerkenswerter Fragen stoßen, Fragen etwa der Wetterkunde, der Geschichtsforschung, Anthropologie und Zoologie und weiter, bei der bloßen Beschreibung der nächtlichen Steilküste und schlafender Schwärme von Papageientauchern, auf Fragen der Vogel- und Gesteinskunde, der Botanik und Astronomie … Und vielleicht wird der Erzähler dann, auf dem Weg ins Innere seiner Geschichte, die Archive, die Bibliotheken und Wissenschaften befragen, um sich Klarheit über die geschichtlichen und naturgeschichtlichen Umstände des Daseins einzelner Menschen, *seiner* Gestalten, Tiere und Dinge zu verschaffen.

Aber selbst wenn er auf jede Nachforschung verzichtet und sagt: Mir genügt das Meinige, ich spreche von mir, nur von mir, ich spreche nur vom Allervertrautesten, nur von dem, was ich allein und am besten weiß – selbst dann erscheint einem Erzähler die Welt noch einmal anders und neu – muß er sich doch auch der einfachsten Dinge, mit denen er seine

Geschichte beginnen will, erst vergewissern. An diesem Anfang, an seinem Anfang, soll zum Beispiel ein Dorf in einer Regennacht liegen, die Straße menschenleer, ein paar erleuchtete Fenster, oder nein, keine Regennacht, sondern Winter. Es soll Winter sein. Die leeren Felder, die Gärten, alles verschneit.

Aber welcher Zauber, welche Kraft wird wirksam, wenn auch nur ein einziges Haus dieses Dorfes oder der bloße Schnee *zur Sprache gebracht* werden, sich in Worte verwandeln soll – und welcher Zauber erst recht, wenn am Ende der dunklen Straße ein Mensch erscheint. Ist es ein Mann? Ein Greis?

Wovon immer er spricht – in seiner Geschichte, in seiner Sprache muß der Erzähler alle Welt noch einmal erfinden, noch einmal und immer wieder erschaffen und darf dabei doch nicht viel mehr voraussetzen als die Aufmerksamkeit seiner Zuhörer, seiner Leser, nichts als die Stille, in der er endlich zu sprechen, zu erzählen, zu schreiben beginnt:

Es war spätabends, als K. ankam. Das Dorf lag in tiefem Schnee. Vom Schloßberg war nichts zu sehen, Nebel und Finsternis umgaben ihn, auch nicht der schwächste Lichtschein deutete das große Schloß an. Lange stand K. auf der Holzbrücke, die von der Landstraße zum Dorf führte, und blickte in die scheinbare Leere empor.

Die ersten Sätze. Mit den ersten Sätzen hat sich der Erzähler von der unendlichen Zahl aller Möglichkeiten einer Geschichte gelöst und sich für eine einzige, für seine Möglichkeit entschieden, und hat unter allen möglichen Schauplätzen, Zeiten und Personen seinen Platz, seine Zeit, seine Gestalt gefunden. Jetzt, endlich, quält es ihn nicht mehr, daß der ungeheure Rest der Welt unausgesprochen, *unerzählt* an ihm vorübertreibt. Denn er hat seine Geschichte begonnen, seine einzige, unverwechselbare Geschichte und entdeckt in ihr nach und nach alles, was er von der Welt weiß, was er in ihr erlebt, erfahren und vielleicht erlitten hat. Und während er zu schreiben beginnt, wird ihm die Welt zu einem vollkommen stillen Raum.

Natürlich führt der Weg ins Innere einer Geschichte manchmal weit fort aus aller Geborgenheit und manchmal in eine quälende Verlassenheit. Aber seltsam, während er sich weiter und weiter von den leibhaftigen Menschen und ihren erleuchteten Häusern entfernt, um Häuser und Schnee und Bäume und Menschen und *alles* nach und nach in Sprache zu verwandeln, werden dem Erzähler die Menschen und Dinge in seiner Geschichte immer vertrauter, bis sie ihn schließlich durchdringen und er sich noch in den verworrensten und fremdesten Lebensläufen wiederzuerkennen beginnt. Tief im Inneren seiner Geschichte ist er zugleich in der Mitte der Welt.

Gewiß, manchmal wird ihn über seiner Erzählung der Mut verlassen: Wie viele Sätze hat er geschrieben, wie viele Fragen beantwortet und Erinnerungen gesammelt, Notizen, Protokolle, wie viele beängstigende und wunderbare Bilder der Welt, und alles nur, um sich bloß *vorzustellen*, was war, was gewesen sein oder was werden könnte – und jetzt will sich nichts davon zu einer einzigen Geschichte fügen. Verlieren sich denn nicht Anfang und Ende jeder Geschichte, die man nur lange genug verfolgt, irgendwann spurlos in der Weitläufigkeit der Zeit?

Aber dann, ein zum Trost aufgeschlagenes Buch vor sich, einen Band mit Erzählungen vollendeter Geschichten, in denen zum Beispiel von einem *Urteil* oder von einer *Verwandlung*, von einem *Landarzt*, einem *Besuch im Bergwerk* oder einer *Strafkolonie* erzählt wird, meint er plötzlich das Geräusch einer Maschine zu hören, das Geräusch eines entsetzlichen Apparates, der den Verurteilten einer Strafkolonie Worte, ganze Sätze mit Nadeln auf den Leib schreibt, ins Fleisch sticht – und tötet, indem er weiter und weiter schreibt. Gebannt von der Vorführung dieser Maschine, will der Erzähler schon sagen: das bin ich, dieser Verurteilte, das bin ich, auf mir wird geschrieben!, an diesem Schreiben gehe ich zugrunde … Aber dann erwacht er und legt das Buch für einen Augenblick erleichtert zur Seite. Es war nur eine Geschichte, eine Geschichte, die doch einen Anfang und doch ein Ende hatte, so wie alle Geschichten, auch seine eigene, einen Anfang und ein Ende haben werden.

Das Ende. Was für eine Stunde, was für ein Tag, an dem ein Erzähler einen *letzten Satz* findet, den Ausgang, und aus seiner Geschichte heraustreten und zurückkehren muß an die Ränder der Welt. Aber dort, in jenem Stimmengewirr, das sich nun, nach einer kurzen oder längeren Stille, erhebt, in einem Chaos fragender, lobender, trauriger, begeisterter, verständnisloser oder gehässiger Stimmen, die ihn plötzlich bedrängen und seine Geschichte weitererzählen, kommentieren oder ganz einfach überschreien, kann und darf der Erzähler nicht bleiben, was er eben noch war. Denn während alle anderen Stimmen lauter und lauter werden, verliert ausgerechnet er die seine. Er hat eine Geschichte zu Ende erzählt. Was soll er jetzt und dazu noch sagen.

Wer nicht bleiben kann, was er ist, muß sich verwandeln. Und der Erzähler, der in seiner Geschichte Menschen und Häuser oder ein verschneites Dorf in Sprache verwandelt hat, verwandelt sich im Stimmengewirr nun selber in eine Figur von Geschichten, die man sich über sein Glück oder Unglück, Vermögen und Unvermögen zu erzählen beginnt, Geschichten, deren Fortgang und Ende er nicht mehr bestimmen kann. Er hat nichts mehr zu sagen.

Was soll er tun? Stillhalten und zuhören? Jeder

Versuch, seine Erzählung zu begleiten, ihr nachzugehen, um sie vor dem Schlimmsten zu bewahren, wäre so erschöpfend wie hoffnungslos: Was er erzählt, was er geschrieben hat, kann nirgendwo klarer und stärker sein als im Inneren seiner Geschichte. Was kann er tun? Er kann sich abwenden und auf und davon gehen. Aber wohin?

Zuerst über freies Gelände, immer noch ungeschützt, aber den Zurückbleibenden doch allmählich kleiner und wieder unwichtiger werdend. Und dann weiter, immer weiter, bis irgendwann, am Rand einer dröhnenden Stadt oder hoch oben im Gebirge oder in einem sanften, baumlosen Hügelland der Weg ins Innere einer neuen Geschichte erkennbar wird, ein schneebedeckter oder sommerlich staubiger, von Stacheldraht oder blühendem Stechginster gesäumter Weg, auf dem der Erzähler seine Gestalt und seine Stimme wiederfinden und schließlich zurückkehren kann in die Mitte der Welt.

3
Am See von Phoksundo
Bildnis eines glücklichen Menschen

An einem eisigen Februartag des Jahres 1993, es war der Neujahrstag der Tibeter, fiel ich am See von Phoksundo aus der Zeit. Das tagelange Schneetreiben hatte endlich aufgehört, der Wind hatte sich gedreht, war aber kaum schwächer geworden, als ich das fast viertausend Meter über dem Meer im westlichen Himalaya gelegene Seeufer in der verwehenden Spur eines Freundes erreichte. Wir durchwanderten damals das Niemandsland zwischen Tibet und Nepal auf der Suche nach Klöstern und Einsiedeleien der vorbuddhistischen Bon-Religion und fanden seit Tagen in den Hütten und Höhlen des Stammeskönigtums Dolpo Schutz vor dem Schnee. Aus den Tälern ringsum drang immer wieder das Donnern von Lawinen.

Die Neujahrsnacht hatten wir in einem Winterlager von Halbnomaden verbracht, die in rußigen Steinhütten darauf warteten, daß der Frühling die Pässe freigeben und ihnen erlauben würde, mit ihren Yaks zu den großen Salzseen und Weiden Tibets weiterzuziehen. Wir wollten nicht warten. Wir hatten keine Karawane schwerbeladener Yaks zu führen, keinen Hausrat und keine schwarzen Wollzelte durch das Gebirge zu schleppen, sondern nur unsere Rucksäcke. Einen Tagesmarsch vor uns, irgendwo in den Schneewolken, sollte der See von Phoksundo liegen und an seinem Ufer ein Dorf, auch ein Kloster: bewohnt? oder verlassen? wie die meisten hochgelegenen Siedlungen um diese Jahreszeit – das wußten auch unsere Gastgeber nicht. Als am Vormittag hoch über den jagenden Wolken ein sonnenbeschienener Gletscher wie ein schwebender Eisberg erschien, verließen wir das Lager und machten uns auf den Weg.

Wenn einer auf und davon geht, einem Ziel entgegen oder ins Ungewisse, dann läßt er nicht bloß Menschen und Orte hinter sich, eine Zuflucht, verschneite oder hitzeflirrende Landschaften, eine Straße, eine Mole, ein Haus, sondern bewegt sich gleichzeitig und auf einer unter Umständen ebenso abenteuerlichen Route durch die heimlichere Welt seiner Gedanken und trifft dort das eben Verlassene wieder – Erinnerungen an Menschen und ihre Orte oder die Sehnsucht nach dem, was war und was werden soll. Jeder Weg, der seinen Namen verdient, führt zugleich in die Ferne und in die Tiefe, an den Rand der Welt und in ihr Herz.

Der von Eisfahnen starrende Grat, der plötzlich

vor uns auftaucht, die Minarette einer Wüstenstadt oder die Halden und Schlote eines Kohlereviers, der Ozean!, ein von Sonnenschirmen zerstochener Strand und die klippenbewehrte Küste – wird uns unterwegs nicht manchmal selbst das Irgendwo, der noch niemals betretene Ort auf eine seltsame Art vertraut? Wir nähern uns der Fremde und beginnen Dinge wiederzuerkennen, selbst Gesichter – die unbewegte Miene einer Palastwache, den verstümmelten Bettler vor einer Silberschmiede, das durch zerrissene Vorhänge gedämpfte Tosen einer Stadt oder ein Farbmuster auf der Satteldecke eines Nomaden, der unseren Weg auf einer Militärstraße kreuzt, ein Seeufer, Bäume am Wasser, wilde Rosen ..., so vieles erscheint uns im Vorübergehen vertraut: Haben wir davon gelesen oder ist uns davon erzählt worden – in einem Roman? Einem Gedicht? Oder war es eine Nachrichtensendung? Und haben wir nicht an einem Ort genau wie diesem hier, das gleiche Licht, der gleiche böige Wind, schon einmal einen Augenblick unseres eigenen Glücks oder Unglücks erlebt?

Der Ort, den wir erschöpft vom steilen Fußweg oder bloß steif und schläfrig vom langen Flug schließlich erreichen, ist so ..., ja, so verlassen, so menschenleer wie in jenem Buch, aus dem wir nur noch Bruchstücke im Gedächtnis haben, eine einzige Zeile, die uns durch den Sinn geht, während wir weiter einen Fuß vor den anderen setzen und allmählich erkennen, daß unser Weg nicht bloß in die Fremde führt, sondern ins Innere der Welt, einer Sprache, die das Wirkliche *und* das Mögliche kennt. Lesen, Gehen, Reisen, Schreiben wirbelt immer auch Staub auf, auch den Schnee vergangener Jahre, der ein paar Herzschläge später wieder sachte herabfällt und das, was ist, nachformt und deutlicher macht als jemals zuvor oder gnädig verhüllt – es liegt an uns.

Der Schnee auf dem Weg zum See von Phoksundo lag so tief, daß wir bis über die Knie, manchmal bis an die Hüften darin versanken. Solange kein Hindernis gemeinsame Anstrengungen erfordert oder in vereisten Felspassagen einer den anderen am Seil sichern muß, geht, stapft, steigt auf solchen Wegen jeder seinen Kräften gemäß und ist daher oft allein.

Mein Freund war nach einer Stunde außer Sichtweite, erschien gelegentlich als kleiner werdende Gestalt hoch in den Steilhängen wieder, verschwand in den Wolken. Wenn ich innehielt, um Atem zu schöpfen, sah ich die Serpentinen unserer Spur, die sich in der Tiefe und in den Wolken verloren; aus dem heller, ja blau werdenden Himmel lösten sich nur noch vereinzelte Schneeschauer. Die Fetzen einer zerreißenden Schlechtwetterfront trieben über meinem Kopf und zu meinen Füßen dahin.

Es war während einer dieser Atempausen, als ich

in einem Wolkenfenster den Mann bemerkte, der uns folgte. Er kümmerte sich nicht um unsere Spur, sondern stieg in der Fallinie hoch. Ich erkannte ihn an seinem Fellmantel und an dem roten Schal, den er wie einen Turban in sein langes Haar gewunden trug: Es war unser Gastgeber der vergangenen Nacht. Er winkte mir zu, rief einen Gruß, kam näher, blieb dann aber in einigem Abstand stehen und setzte sich erst wieder in Bewegung, als auch ich weiterging. Wollte er in die Höhe? Zum See? Ohne Gepäck? Ohne Tragtier? Er ging uns nach, ging aber offensichtlich lieber allein. Um uns den Weg zu zeigen? Uns zu warnen? Wenn ich stehenblieb und auf ihn warten wollte, blieb auch er stehen und winkte mir zu. Was immer seine Absichten waren, ich verstand sie nicht.

Schon unsere Tauschgeschäfte am Morgen waren langwierig gewesen. Yakbutter hatten wir an seinem Feuer getauscht, Dörrfleisch, geröstete Gerste und Tee gegen ein Taschenmesser und ein Paar Handschuhe und hatten dann in einer kleinen, blinden Glasflasche trüben Reisschnaps als Geschenk angenommen, einen Trunk, an dem wir uns entgegen seinen drängenden Aufforderungen nicht schon vor dem Aufbruch, sondern erst am Ziel wärmen wollten. Ich trug die Flasche in ein Hemd eingeschlagen in meinem Rucksack.

Die Spur meines Freundes führte am Fuß einer

mit den Glasschleiern gefrorener Wasserfälle verhängten Felswand immer steiler nach oben und endlich zum Eingang eines flacheren, von Tränenkiefern bewachsenen Hochtales, das zwischen ragenden Bergkämmen wie zwischen Staumauern lag. Unter einem der Bäume, die schwer an ihrer Schneelast trugen, hielt ich Rast. Erst jetzt setzte sich auch mein bisher unnahbarer Begleiter zu mir in den Schnee, nahm eine Handvoll getrockneter Früchte und ein Stück Dörrfleisch an, lachte, forderte mich wieder zum Trinken auf, indem er die Form des blinden Glasfläschchens in die Luft zeichnete, und trank dann aber nur Yakbuttertee aus meiner Stahlflasche und keinen einzigen Schluck Reisschnaps. Als ich weiterging, kam er nach und fiel in den alten Abstand zurück. So blieb jeder für sich.

Wie still und verheißungsvoll und immer noch fern der See von Phoksundo nach Stunden endlich im Talschluß erschien. Ein schwarzgrüner Spiegel, der das Bild von Wolken und verschneiten Gebirgszügen in einen schon abendlichen Himmel zurückwarf und nur eine Gruppe blutroter Häuser an seinem Ufer behielt, mit Gebetsfahnen geschmückte Pagodendächer, über denen noch leichtere, noch schönere Fahnen wehten: Rauch! Dorf und Kloster von Phoksundo waren bewohnt!

Mit gelben Birnen hänget
Und voll mit wilden Rosen
Das Land in den See

Gewiß, das Ufer lag unter Schnee, und in den Buchten trieben Eisrinden, aber wer lange durch ein winterliches Hochgebirge gegangen ist, der sieht mehr, als er sieht. Der verwandelt dürres, gefrorenes Strauchwerk in Rosen und freut sich auf eine Zuflucht, auch wenn sie rußgeschwärzt ist, freut sich auf die Gesellschaft von Menschen, ein Feuer, Schutz vor der Nacht. Mein Fernglas zeigte mir Rauchfahnen über jedem Gebäude am See.

Es sollte noch fast eine Stunde dauern, bis ich die Uferhügel endlich erreichte. Aber die ersten Häuser, an die ich kam, waren die Häuser von Toten – Reliquienschreine, *Tschorten*, die nur die Asche verbrannter Heiliger und Mönche – den Staub der Seelenwanderung, bewahrten. Wie Zeltschnüre waren von den Kegeldächern dieser Steinbauten lange Wimpelgirlanden ins Eis gespannt, Hunderte, mit Gebeten und den Namen des Ziels und Endes aller Welt beschriebene Fähnchen, die hartgefroren im Wind schlugen.

Und dann die Rauchfahnen über den Flachdächern des Dorfes: Es war Schnee. Rieselnder, kristallfeiner Schnee, der in Schleiern von den Dächern wehte wie Rauch. Die Häuser waren kalt und verschlossen. Keine Menschen. Keine Zuflucht. Das Dorf war verlassen.

Weh mir, wo nehm' ich, wenn
Es Winter ist, die Blumen, und wo
Den Sonnenschein,
Und Schatten der Erde?
Die Mauern stehn
Sprachlos und kalt, im Winde
Klirren die Fahnen.

Welchen See hatte ich erreicht? Ich glitt so sachte aus der Zeit in jene Mitte der Welt, aus der so viele Spuren und Wege an die Seen der Kartographen und die der Dichter und ebenso tief in die Vergangenheit wie in die Zukunft führen, daß mich erst mein Begleiter einholen und am Ärmel zurückziehen mußte – an den See von Phoksundo. Er lächelte und wies auf einen Tschorten auf einer kahlen Hügelkuppe vor uns. Dort entdeckte ich meinen Freund damit beschäftigt, das Totenhaus zu vermessen und zu zeichnen. Er war erleichtert, mich endlich zu sehen. Noch eine Stunde, und er hätte sich auf die Suche gemacht. Die Nacht würde klar und kälter werden als die vergangene.

Zu dritt saßen wir dann um ein Feuer in einem hallenden Raum, in dem eine Gebetsmühle, die von Pilgern und Mönchen bis in alle Ewigkeit gedreht werden sollte, stillstand. Ein abgegriffenes Wörterbuch und einige Brocken Tibetisch, die mein Freund verstehen konnte, halfen uns, hier allmählich zu begreifen, warum uns unser Gastgeber durch den Tiefschnee ins Hochgebirge nachgegangen war: Die Glasflasche!, er wollte seine Flasche zurück. Es war das einzige Gefäß aus Glas, das er besaß. Den Reisschnaps, sein Geschenk, sollten wir trinken, er wollte keinen einzigen Schluck davon, aber das blinde Fläschchen mußte zurück in sein Haus. Er war uns um ein leeres Gefäß bis an den See von Phoksundo und weiter gefolgt, in die Mitte der Welt – und trat nun aus einem Gedicht wieder heraus, als ob er es fortschreiben, ergänzen wollte um ein Bild, das wie eine Negativdarstellung auch in unserer Verlassenheit längst enthalten war und das er jetzt sichtbar werden ließ und einfügte in das froststarre Land: Es war das Bild eines glücklichen Menschen.

Denn als wir endlich verstanden, was dieser Mann von uns wollte, das Fläschchen mit einigen Zügen leerten und in seine Hände zurücklegten und ihm doch mehr geben wollten als nur ein Stück blindes Glas, ein Geschenk, und unsere Rucksäcke durchwühlten, kam uns ein Schirm in die Hände, einer von jenen chinesischen Nylonschirmen, wie sie Rucksackträger verwenden, die auf dem Anmarsch zu den großen Bergen des Himalaya im Regen und Schnee der Monsunzeit einigermaßen trocken bleiben und nicht in einen Mantel gehüllt auch noch schweißnaß werden wollen. Diesen Schirm schenkten wir unserem Begleiter.

Ich habe selten einen so überraschten, ungläubigen und schließlich glücklichen Ausdruck auf dem Gesicht eines Menschen gesehen. Strahlend nahm er den Schirm entgegen und verneigte sich. Obwohl von der Sonne nur noch ein roter Widerschein über den Bergkämmen zu sehen war, hielt es den Beschenkten dann nicht mehr länger. Er wollte zurück in die Tiefe, nach Hause; lief aus dem hallenden Raum ins Freie, spannte den Schirm dort auf und hielt ihn mit ausgestrecktem Arm wie triumphierend hoch über den Kopf. Die leere Flasche in der einen Hand, in der anderen den Schirm, sprang, ja tanzte er dann in seiner eigenen Spur aus der Verlassenheit zu den Seinen zurück. Und als ob dieser Schirm, filigrane Zuflucht und kleinstes Dach eines Menschen auf seinem Weg, seinen Zweck und Sinn erst in diesem Augenblick aus den Abendwolken herabbeschworen hätte, begann es aus einem heiteren, im Süden schon sternklaren Himmel wieder zu schneien.

4
The Last Picture Show
Das Kino von Pottuvil

Ein Nordostmonsun wie er seit sieben Jahren – Fischer an der Arugam Bay behaupteten: seit zehn! – nicht mehr gewütet hatte, verwüstete im Dezember und Januar des Jahres 1994 das nördliche Hochland und weite Küstenstriche im Osten Sri Lankas. Wolkenbrüche, Sturmfluten, Dammbrüche: In den letzten Tagen des alten Jahres berichtete die *Daily News* in Colombo von mehr als 70 000 Obdachlosen und 22 geborstenen Dämmen, darunter auch einige jahrhundertealte Deiche der künstlichen Seen singhalesischer Könige. Viele Tote, hieß es, würden noch im Schlamm begraben liegen.

Das Rauschen des Regens war in diesen Tagen allgegenwärtig. Flamingos standen in rosafarbenen Paraden auf überfluteten Straßen, Schlangen suchten Zuflucht in den Häusern, und wenn der Regen für Stunden nachließ und eine fahle Sonne in Wolkengebirgen erschien, lagen Krokodile wie gestrandete Einbäume auf Dammkronen, die der Flut bisher standgehalten hatten. Unter Betten und Hängematten rannten Ameisenprozessionen in wirren Strömen dahin, um zu retten, was zu retten war. In den Schränken begannen Kleider, Schuhe und Bücher zu schimmeln.

Ich reiste damals mit Freunden die Ostküste der Insel entlang, oft in Sichtweite einer ungeheuren Brandung und immer in Sichtweite des Krieges zwischen tamilischen Separatisten, den *Tamil Tigers*, und der singhalesischen Armee: Triefende Soldaten erwarteten uns in Kampfanzügen an unzähligen Checkpoints, vor denen wir gelegentlich mit erhobenen Armen im Regen standen. Triefende Horden von Hulman-Affen, Inkarnationen des Gottes Hanuman, schienen uns aus den Kronen der Bäume zu verfluchen. Vielen Buddhastatuen entlang unserer Route hatten hinduistische Tamilen Köpfe und Arme abgeschlagen, und in einem ausgebrannten Schützenpanzer am Straßenrand kreischten zornige Vögel.

450 Kokospalmen brauche ein Mann, um seine Familie zu ernähren, sagte ein Lastwagenfahrer, der Liyangolla noch vor dem Beginn der nächtlichen Ausgangssperren erreichen wollte. Wir sahen Hunderte Palmen, unter der Wucht von Granateinschlägen geknickt, verkohlte, gekrümmte Baumstümpfe wie Krallen im Brandungsstaub des Indischen Ozeans. Ein Teehändler aus Colombo hatte

uns Wegskizzen, Warnungen und drei Telefonnummern von Vertrauten mit auf den Weg gegeben. Seine Vertrauten konnten uns hier helfen, unterhielten sie doch Kontakte sowohl zu den Tigers als auch zu Offizieren der Armee. Aber als wir unser Ziel, das Gebiet des Lahugala Sees und die Sümpfe im Hinterland der Arugam Bay, erreichten, war nach nächtlichen Gefechten im Umkreis von sechzig Kilometern kein einziges Telefon mehr funktionsfähig. Die verschlammten Straßen zwischen Lahugala, Kitulana, Pottuvil und einigen im Raketenfeuer verbrannten Tamilendörfern an der Ostküste, wurden mit Einbruch der Dämmerung gesperrt und bei Sonnenaufgang nach Landminen abgesucht.

Die Armee herrschte am Tag, in der Nacht die Angst vor den Tigers. Obwohl sich die tamilischen Rebellen vor der Übermacht des Staates in die Dschungelgebiete von Yala zurückzuziehen begannen, hörten wir Nacht für Nacht Schüsse: Aber diese Salven gehörten nur zum großen, mit Gewehren, Trommeln, Rasseln und Steinen erzeugten Lärm, mit dem Reisbauern eine weit verstreute Herde von mehr als zweihundert wilden Elefanten von Feldern und Kokoshainen fernzuhalten suchten. Die Elefanten schienen den Tigers in die Dschungel von Yala zu folgen und zertrampelten auf ihrem Weg Felder, Hütten und Menschen. Am 24. Dezember berichtete die Daily News von drei Toten, am 28. von einer

Kollision zwischen einem Elefantenbullen und einem mit Landarbeitern besetzten Zug, der nach dem Zusammenstoß entgleiste. In den Nächten flackerten die Reisfelder im Widerschein großer *Elefantenfeuer*, die auf turmhohen Plattformen zur Abschreckung entfacht wurden.

In den Dörfern der Tamilen aber blieb die Angst vor der Feuerkraft der Armee größer als die Angst vor Elefanten oder der Flut. 36 Häuser an der Arugam Bay waren nach einem Raketenangriff in Flammen aufgegangen, darunter auch das Haus von Naagus, dem Koch eines nun ausgebrannten Guest House. Naagus kannte die Wellenhöhen jeder Bucht an der Ostküste in Fuß und Metern und hatte seinen Gästen in Friedenszeiten gezeigt, wie ein Mensch auf den größten Brechern mit seinem bloßen Körper, ohne Surfbrett und andere Hilfen, reiten konnte. Er schlief nun mit seiner Familie unter mit Palmwedeln und Tüchern verhängten Tischen des Guest House, auf die der Regen trommelte. Wenn er am Morgen mit einem Wasserbüffelgespann an entlegene Strände fuhr, um feinsten Sand für ein neues Haus zu holen, bezahlte er manchmal an die Armee, manchmal an die Tigers Wegegeld.

Es war in einem schlammüberfluteten Wald von Banyanbäumen auf einer von Naagus' Routen zum Meer, in dem wir an einem Januarmorgen einem buddhistischen Mönch begegneten, der in einem

Korb zersplitterte Äste, verfaulte Blätter und den Kot von Fliegenden Hunden sammelte, die in den Baumkronen wie übergroße Fledermäuse hängend schliefen. Mit welcher bedächtigen Hingabe der Mönch den wüsten Schlammboden säuberte. Hier habe ein Tempel gestanden, sagte er, der in den Unwettern der vergangenen Tage versunken sei. Aber selbst dieser fünfzehn Fuß hoch liegende Schlamm und aller Schutt hier sei so heilig wie der zerstörte Tempel selbst. In Zeiten wie diesen könnten eben nur Überreste und Ruinen die Erinnerung an das wachhalten, was einmal groß und herrlich war. So viele Ruinen ragten nun aus dem Land. Ob wir das zerschossene Kino von Pottuvil gesehen hätten?

Das Kino … Wenn ihm der Besitzer die fünf Rupien Eintritt erlassen habe, sei er früher gerne in dieses Kino gegangen. Auch während der allerletzten Vorstellung sei er dagewesen. In der Nacht der Raketen. Von einer Sekunde auf die andere überall Feuer, überall Licht, blendendes Licht. Nur die Leinwand plötzlich dunkel.

Gewiß, wir hatten auf unserem Weg an die Küste auch das Kino von Pottuvil gesehen. Eine Brandruine ohne Dach. Fenster und Türen geborsten, in zersplitterten Schaukästen von Feuchtigkeitsflecken übersäte, rußige Szenenfotos aus indischen Filmen: Ein Liebespaar in einem hängenden Garten. Ein großer Mond. Kämpfer in funkelnden Harnischen und ein Elefant, so reich geschmückt wie jener Bulle, der alljährlich die heiligste Reliquie des alten Ceylon, einen Zahn Buddhas, in einer großen Elefantenprozession um den Dalada Maligava Tempel in Kandy tragen durfte. Wir hatten auch die verkohlten Klappstuhlreihen dieses Kinos gesehen und dazwischen Wasserbüffel, mächtige, triefende Tiere, die in diesem Stall ohne Dach zwar keinen Schutz vor den Wolkenbrüchen, aber wenigstens vor dem Wind fanden. Wo einmal die Leinwand gewesen sein mußte, wucherten nun Würgefeigen, Lianen und Moos.

Ein Tempel ..., ein Kino, sagte der Mönch und nahm seinen Korb wieder auf, im einen wie im anderen verlasse doch ein andächtiger Besucher seine Welt, seine Gegenwart, und suche Zuflucht vor der brennenden Wirklichkeit. Wer weiß, vielleicht werde das Kino von Pottuvil, in dem sich nun Wasserbüffel aneinanderdrängten, eher wiedererstehen als sein versunkenes Heiligtum. Was sei schließlich schöner und leichter als ein Theater, dessen Helden, Krieger, Heilige und Könige, ja sogar Sturmfluten und Elefanten aus Licht! bestünden, aus nichts anderem als Licht.

5
Luftburgtheater
Einem wandernden Direktor auf den Weg

Applaus! Applaus, Herr Direktor! Erinnern Sie sich. Rauschender, tosender, verebbender und wieder hochbrandender Applaus, wie er noch in keiner Chronik des Beifalls verzeichnet war, in keiner, Herr Direktor. Nicht vierundzwanzig Minuten Applaus, nicht achtundzwanzig Minuten und auch nicht jener fünfundvierzig Minuten anhaltende Applaus, der in Ihrem Haus, Ihrer *Burg*, nach den Uraufführungen von Dramen gemessen wurde, die *Tod und Teufel* hießen, *Sportstück* und *Heldenplatz*, nicht minutenlanger, sondern stundenlanger Applaus, Herr Direktor, Herr Theaterdirektor, Herr Burgtheaterdirektor, Herr Wiener Burgtheaterdirektor!, stundenlanger, nicht endenwollender Applaus … Erinnern Sie sich?

Und Verbeugungen! Und Vorhänge! Immer noch eine Verbeugung und noch ein Vorhang und noch einer, eine unausgesetzte, triumphale Verhüllung und Enthüllung von allem, was diesseits und jenseits des Orchestergrabens zu sehen war, ein unablässiges Sichtbar- und Unsichtbarwerden, Erscheinen und Verschwinden. Und über allem dieses überwältigende Rauschen, dieses Brausen! Ein Triumph, Herr Direktor, was für ein Triumph.

Wie?

Was sagen Sie?

Dieses Beifallsrauschen, dieses Brausen, das wären nicht Tausende Hände und kein Bravogeschrei, sondern nur der Westwind gewesen? Der vorherrschende Wind über den Kämmen, Graten und Höhenzügen der Wiener Hausberge, *Schneeberg* und *Rax*? Nur ein kaltes Geräusch in Föhren und Wetterfichten, sagen Sie? Und auch keine Vorhänge, sondern bloß Nebelreißen und rasch ziehende Wolken?, ein alles verhüllender und wieder enthüllender Wettersturz bestenfalls, aber keine *Aufführungen*, keine Dramen? Kein Orchestergraben, sagen Sie, sondern nur der felsige Abgrund, Höllental, Rax, Schneealpe, Großer Priel, Dachstein, sagen Sie, gewiß, gemeinsame Wanderungen, Gehen und Steigen im Toten Gebirge, gewiß, sagen Sie, und erinnern sich auch an die schwarzen Berge an der Glengarriff Bay und an die Klippen von Dunlough im Südwesten Irlands, erinnern sich an Fußwege in die Wildnis hoch über den Seen des Salzkammerguts und über der Brandung des Atlantischen Ozeans, dramatisch alles, hochdramatisch gelegentlich, aber eben doch kein Theater, kein Drama, kein *Stück*? Und die vielen Verbeugungen? Auch die sollen nur vom Gewicht unserer Rucksäcke und der Steilheit des Anstiegs erzwungen worden sein? Aber Herr Direktor, ich bitte Sie! Erinnern Sie sich:

Schauspiel am Schneeberg, Kleine Kulisse unter der Rax, Schaubühne am Salzstiegjoch, Theater am Dachstein und sogar *Atlantic Stage by Glengarriff Bay* – waren das keine Bühnen? Sie haben doch am Schneeberg *Die Beerdigung* in Szene gesetzt, eine Komödie, Sie haben *Das Floß* in Sichtweite des Hallstätter Gletschers unter Ihre Regie gebracht, eine Groteske, und an der Glengarriff Bay *The Invisible – Die Unsichtbare*, sogar zweisprachig aufgeführt, das Drama einer Souffleuse, die, ins Kino vernarrt, flüsternd, unsichtbar, den Fortgang des Schauspiels befördert und das Theater dennoch verflucht. Ein Stück über das Kino! Eine Verfluchung des Theaters. Sogar dazu waren Sie bereit, Herr Direktor.

Gewiß, was alle diese Stücke zu einem undramatischen Ganzen verband, war, daß sie ungeschrieben, ungedruckt, unveröffentlicht waren und blieben, daß sie Ihnen bloß erzählt wurden, im Gehen und Steigen und Stapfen und manchmal bis in Details der Kulisse und der Kostüme – aber eben doch nur *erzählt*, von mir erzählt, Ihrem Begleiter auf Schneeberg und Rax, im Salzkammergut und in den Bergen der Grafschaften Kerry und Cork. Und Sie, Herr Direktor, haben Sie nicht gehend, steigend und durch Moos und Moor Irlands stapfend, in Szene gesetzt, was immer Sie hörten?

Manuskripte? Drucklegung? Proben? Premieren? Wo erzählt wird, Herr Direktor, reichte stets eine Stimme und ein Ohr. Es reichte auch uns. Was wollten wir mehr? Unsere Helden durchliefen ihren Weg von der ersten Hörprobe über die Uraufführung bis zur Mumifizierung im Repertoire in ebenjenem Tempo, in dem wir einen Grat an der Baumgrenze oder einen Steilhang im Hochwald bewältigten. Umrauscht vom Applaus aus Buschwerk und Bäumen, wurden unsere Produktionen geplant, geprobt, inszeniert und wieder abgesetzt, noch bevor ein Spaziergang, eine Wanderung zu Ende und die rettende Alm, der Strand unter den Klippen, ein Gasthaus, der Parkplatz im Tal wieder erreicht waren.

Das Floß zum Beispiel, jene Groteske, in der eine Schar meeressüchtiger Segler und Nichtschwimmer nach einem idiotischen Navigationsfehler und folgendem Schiffbruch auf einer Rettungsinsel aus knallrotem Gummi bei paradiesischer Windstille durch den Südpazifik treibt und schließlich im Überfluß, in der schier unverzehrbaren Menge der geretteten Lebensmittel doch untergeht ..., dieses Floß ließen wir aus einem Gastgarten am Hallstätter

See in die Dämmerung davonschaukeln, während wir, durstig vom Weg, große Gläser Birnenmost hinterherschütteten.

Und in *Die Beerdigung*, jener Komödie, in deren Verlauf sich ein predigender, schimpfender Menschenfeind aus Überdruß in einen Bau, eine Grube, ein Loch zurückzieht und aus der Tiefe Welt und Menschen und alle Kultur der Lächerlichkeit preisgibt und sämtliche Versuche von einer Familie weiterer Protagonisten, ihn mit Versprechungen, Beschwörungen, Erinnerungen an den Glanz des Lebens wieder an die Oberwelt zurückzulocken, mit einem Schwall, einer Suada derart überzeugender Beschimpfungen abwehrt, daß sich allmählich alles Geschehen ins Loch, in die Grube verlagert und dort in einem unterirdisch klirrenden Fest zu Ende geht ..., in diesem Stück, nein, schon bei der ersten Probe dazu wären Sie beinahe in den Orchestergraben gefallen, der damals in Form einer Doline am Übergang vom steirischen ins oberösterreichische Salzkammergut plötzlich vor uns aufklaffte. Theater, Herr Direktor, auch unser Theater an der Luft, konnte unter Umständen eben doch ein bißchen gefährlich werden.

Aber erinnnern Sie sich, wie befreiend auch in diesem Theater Premierenfeiern nach überstandenen Gefahren gelegentlich sein konnten? Denken Sie nur an den Abend nach der Uraufführung der

Unsichtbaren! An das Dinner unter Sternen auf einer Viehweide hoch über der irischen Küste. Der Leuchtturm von Fastnet glomm über dem schwarzen Wasser der Roaringwater Bay, das Notlicht im Theaterdunkel einer Augustnacht, während sich zur Begeisterung aller am Schauspiel Beteiligten der Wolkenvorhang im Beifall der Brandung ein ums andere Mal hob und senkte.

Aber lassen wir das, Herr Direktor, vielleicht haben Sie recht, wenn Sie sagen: Veteranengeschwätz, Schwärmerei. Sprechen wir also von *Ihrem* Theater, Ihrer Burg. Auch ich erinnere mich: Sie haben mich in Häuser geladen, in denen nicht bloß gegangen, nicht bloß gestapft, nicht bloß erzählt, sondern *gespielt* wurde – nicht das, was der Fall war, nicht die Wirklichkeit, wie auf unseren Wegen, sondern Dramen, wirkliche Dramen. Keine vereinzelten Spaziergänger und Wanderer bewegten sich da im Rampenlicht oder im *Black*, sondern Spieler, Schauspieler, manchmal sogar in Massen. Kein Wunder, daß solche Häuser Namen wie *Akademie* oder *Burg* tragen mußten. Schreiben Sie, mein Herr, schreiben Sie!, haben Sie mir geschrieben, Herr Direktor, schreiben Sie ein Stück! Ich erinnere mich. Und was geschah? Ich habe kein Stück geschrieben. Weitergegangen, weitergestapft sind wir, Herr Direktor. Ich habe weitererzählt. Sie führten Regie. Es war gut, wie es war.

Die Gesteinsbrocken und Felstrümmer, über die wir dabei stiegen oder die unter unseren Tritten gelegentlich wegbrachen und in die Tiefe polterten, waren oft leichter zu bewegen als, sagen wir Abonnenten, sagen wir Schauspieler, sagen wir ruhig auch Kritiker – von den Protagonisten in Politik und Gesellschaft gar nicht zu reden. Zu unserer Vorliebe für ein Theater im Freien, unserem Luftburgtheater, kam, daß wir beide zu Schweißausbrüchen neigen, Herr Direktor, was mich betrifft, vor allem in geschlossenen, gut besuchten, *ausgelasteten* Räumen. Wie blendend das Scheinwerferlicht im Inneren Ihrer Häuser stets aufflammte, was für eine Hitze in den Kulissen und erst recht im Zuschauerraum! Wir blieben auf unseren Spaziergängen, mit unseren Dramen, Herr Direktor, der Bequemlichkeit halber also im Freien, nicht im öffentlichen, sondern im offenen Raum, im Schatten des Großen Priel, im Toten Gebirge, an irischen Stränden, an der frischen Luft jedenfalls. Sie erinnern sich.

Und wenn ich der einen oder anderen Ihrer Einladungen doch gefolgt bin, Herr Direktor, und Ihnen aus dem Wetter unters Dach nachkam, ins labyrinthische Innere Ihrer Häuser, beispielsweise auf die Bühne der *Akademie*, um dort einfach weiterzuerzählen oder wenigstens aus einem Buch vorzulesen, einem Roman, dann wurde mir schnell alles zu hell, alles zu heiß, und ich flüchtete nach einigen

Wallungen doch wieder ins Parkett, gelegentlich in eine Loge, kurz: in den Zuschauerraum. Dort war es, wenn schon nicht kühl, so doch wenigstens dunkel.

Aber gleichgültig, ob ich mich diesseits oder jenseits des Bühnenportals wiederfand – am Ende eines Abends spürte ich stets den Drang, den kürzesten Weg ins Freie zu nehmen, nicht durch die drängende, in die Nacht entlassene Schar der Besucher, sondern durch den Bühnenraum, die Bühnengassen in die Finsternis. Auch Sie, Herr Direktor, schienen diesen kurzen Weg ins Verschwinden oft zu bevorzugen, keiner im Theater wird schließlich dramatischer, großartiger unsichtbar als der Held eines Stücks in der Kulisse. Machen wir uns also auf den Weg, Herr Direktor, verschwinden wir.

Diesmal gehen Sie voran: über verborgene Versenkungen hinweg, an den Zufluchten der Souffleusen vorüber, die Portaltürme der Bühne immer im Rücken, den geschlossenen Vorhang, den Applaus, dann das leiser werdende, sich entfernende Gemurmel des Publikums im Rücken, das leere Parkett, die Stille, alles im Rücken, immer weiter, durch ein Gebirge aus Pappmaché und ein papierenes Meer, unter pendelnden Prospektzügen tiefer in das Labyrinth der Kulissen bis an die Brandmauer, an der jedes Feuer aus dem Inneren eines Theaters zum Stillstand kommen soll, vielleicht zum Erlöschen.

Ein Feuer vielleicht! Aber nicht wir, Herr Direktor. Wir gehen und stapfen und steigen weiter ins Freie oder zumindest an der Brandmauer entlang bis in jenes vollkommene Dunkel, in dem nicht mehr zu sagen ist, ob hoch über uns noch der Schnürboden oder schon der Nachthimmel offensteht.

6
Cilaos
Öl auf Leinwand, 200 x 400 cm
oder Nacht über Réunion

Es war die dritte Nacht, die der Maler unter freiem Himmel verbrachte. Erschöpft vom langen Fußweg, der ihn durch die Wildnis von Mafate und über die Berge bis nach Cilaos führen sollte, lag er in seinem Schlafsack, eine blaue Mumie zwischen Baumfarnen, und sah, wie die Sterne erloschen. Alpha Centauri verschwand, dann auch das Kreuz des Südens, der rechte Eckstern zuerst, eine blasse, flackernde Sonne, sechshundert Lichtjahre entfernt.

Nach dem Fernsten verschwand auch das Nächste – ein von Tamarinden und Schraubenpalmen bewachsener Felsrücken, dann die Basalttürme und verfallenen Zinnen des Vulkans Piton des Neiges, der sich vor Jahrmillionen aus der Meerestiefe gegen den gleichen Nachthimmel aufgeworfen hatte und nun erloschen und kalt in der tropischen Dunkelheit lag.

Alles verschwand: Sternbilder, vulkanische Erosionsruinen, Urwald, jede Gestalt, die zumindest in Umrissen und Schatten noch erkennbar war, versank in Wogen mondheller Passatwolken. Die Wolken brandeten an Grate und Gebirgszüge, schlugen über die Kronen dieser Urgesteinsdämme, rauschten Wände und Steilhänge bis zum Grund schwarzer Talkessel hinab und machten das Sichtbare unsichtbar.

Wolkenweiß: Zinkweiß, Titaniumweiß, Bleiweiß ... Zwei Tage vor der Abreise nach Réunion hatte ein Farbenhändler aus Amsterdam eine schon verloren geglaubte Kiste voll Pigmente endlich in das Atelier des Malers geliefert:

An
Hubert Scheibl
Burggasse
Wien

und ihn in einem Begleitbrief vor der Giftigkeit mancher Farbtöne gewarnt - die Lieferung enthalte auch ein Blau, von dem eine Messerspitze genüge, um einen Menschen zu töten. Auch das konnten Farben – töten.

Verschlossen im Atelier, wartete die Pigmentkiste nun vor einer weiß grundierten, leeren Leinwand – und doch war bisher jeder Schritt des Weges nach Cilaos wie eine Vorführung ihres Inhalts gewesen: Eisenholz, Bromelien, Bambus, Rosenapfel- und

Gojavierbüsche in Kobaltgrün und Kadmiumgrün, in Türkis und Olivgrün, Zinnobergrün, Goldgrün, Hollandgrün …, die Blüten wilder Orchideen, Vogelfedern, der Morgenhimmel, der Nachmittagshimmel, erstarrte Lava, Tümpel und Sturzbäche in Ultramarin und Manganblau, in Persischrot, Karmesin und Purpur, in Umbra und Indigo … Aber jetzt, in dieser Nacht, kurz nach Mondaufgang, sah der Maler Schatten und Umrisse wie aus Graphit in titaniumweißen, zinkweißen, bleiweißen Pigmentwirbeln verschwinden, den Urwald wie in einem Sturm vulkanischer Asche. Es war dieses allesverschlingende Wolkenweiß, das alle Farben enthielt, in dem alle Farben versanken.

Mit der Wolkenflut kam auch der Wind. Dieser Wind! Stärker als in den Nächten zuvor, fauchte er aus dem plötzlichen Nebel der Tropennacht, jammerte in unsichtbaren, in den Wolken verborgenen Höhlen, toste, heulte zwischen unsichtbaren Felstürmen und warf irgendetwas Raschelndes, irgendetwas Flatterndes über das blaue Gewebe des Schlafsacks. Blätter? Insekten?

Still! Still sollte es werden. Endlich still. Der Maler erinnerte sich später, daß er irgendwann, im Zorn auf diesen lärmenden Wind, der ihn auch in dieser Nacht nicht schlafen lassen würde, nach der weichen Erde griff. Sie war feinkörnig, feucht und kühl, war wie Ton. Still sollte es werden. Also drückte er sich

Hände voll Erde gegen die Ohren, bis die Nacht um ihn leiser und leiser wurde und an der Haut des Schlafsacks die feinen Erschütterungen aufschlagender Blätter oder Insektenflügel nur noch zu spüren, aber nicht mehr zu hören waren. Und dann, in einem nahezu lautlos bewegten Dunkel, glitt die Welt aus der Unsichtbarkeit in die Augen des Malers zurück. Zuerst in verwehenden Bruchstücken, die erschienen und gleich wieder verschwanden, aber nach und nach blieb und nahm weiter Gestalt an, was die jagenden Wolken freigaben: schwarze Felsen, die Schatten des Urwalds, die Schatten des Gebirges, der ungeheure Schatten des Vulkans.

Aber auch in dieser Taubheit, in der das Sichtbare still wie ein Bild geworden war, fand der Maler keinen Schlaf. Im Inneren seines Kopfes, vor den Störgeräuschen der Nacht durch Ohren voll Erde geschützt, rauschte immer noch etwas, dröhnte etwas, nicht der Wind, nicht die Gegenwart: Dort, irgendwo im Verborgenen, beinah Vergessenen, hörte er jetzt Motorenlärm, ein alle anderen Erinnerungen übertönendes Geräusch an einem nebeligen Sonntagnachmittag im Spätherbst – und fand sich im Fond eines Autos wieder, es war ein kalkfarbener Fiat, den sein Vater lenkte. Bewaldete Felsrücken des oberösterreichischen Voralpenlandes glitten vorüber, weiße Schotterbänke am Straßenrand, ein schäumender Fluß im Talgrund.

Der Maler, ein Kind in steifen Sonntagskleidern, saß neben seinem Bruder inmitten dieses überwältigenden Dröhnens einer Ausflugsfahrt, mit der die Familie ihr erstes Auto feierte. Vom heimatlichen Dorf bisher unerreichbar weit entfernte Wasserfälle, Bergseen, Paßstraßen lagen plötzlich in nächster Nähe. Der Maler hörte die Stimme des Vaters wie aus dem Inneren jenes Motors, der die Welt schrumpfen ließ, und verstand im Rauschen der Fahrt nur Bruchstücke von Sätzen, Worte, die Reiseziele beschwören sollten, wunderbare Landschaften, Seeufer, die noch unsichtbar in den Bergen lagen, in der Zukunft: Langbathsee, Offensee, Schwarzensee, Hallstättersee, Gosausee ..., bemooste Steilufer, seichte, sandige Buchten, hoch über dem Seespiegel hängende Gletscher, Fische, die auf der Jagd nach Fliegen aus dem schwarzen Wasser emporschnellten, aus dem Spiegelbild der Wolken.

Während die Straßenränder in dem von kindlichen Stirn- und Fingerabdrücken trübe gemusterten Kurbelfenster an den Anfang der Reise zurückzudröhnen schienen, sprach, brüllte der Vater immer neue Namen und Wunder in den Motorenlärm, in dem vieles von dieser schönen neuen Welt gleich wieder unterging. Aber aus dem Rest, Namen, Satzfetzen, die im Fond noch zu verstehen waren, fügte sich allmählich das Bild der versprochenen, sonnigen Landschaft, die, als der weiße Fiat an einem Seeufer endlich zum Stillstand kam, im Herbstnebel versunken war. Was kam, verschwand, und das Verschwundene kehrte vielleicht irgendwann aus der Erinnerung, aus dem Nebelreißen zurück.

Der Wind wurde schwächer. Monduntergang. Was eben noch hell, eben noch perlmuttweiß war, zinkweiß, verdunkelte sich da und dort bis zu einer tiefen, nur noch von schwachen Lichtreflexen auf taunassen Gräsern gebrochenen Schwärze. Spuren von Weiß aber selbst in der undurchdringlichen Finsternis. In seiner schlaflosen Taubheit dachte der Maler an die Reliefs, die das Pinselhaar an der Oberfläche eines Bildes, in den Farben, hinterließ: Selbst diese haarfeinen Gravuren trugen Licht, warfen Schatten, erzeugten ein Gewirr seismographischer Linien, die an ein Beben erinnerten, dessen Epizentrum weit, manchmal unendlich weit jenseits des Bildrahmens lag.

Ile de la Réunion. Ile Bourbon. England Forest. Ile Bonaparte: Wie viele Namen diese Insel im Indischen Ozean in den Jahrhunderten seit ihrer Entdeckung schon getragen und wieder verloren hatte. Und wie lange sie zuvor namenlos und menschenleer im Irgendwo gelegen war, im Weiß einer fragmentarischen Weltkarte, achthundert Kilometer östlich von Madagaskar. Erst nach der Landung portugiesischer, holländischer und englischer Seefahrer und der Ankunft von Verbannten und Pionieren aus Frankreich waren Namen, immer neue Namen auf die Wildnis herabgeschneit wie die Asche periodischer Vulkanausbrüche, bis schließlich ganze Berge zu Denkmälern der Zivilisation wurden: Fast dreitausend Meter hoch und manchmal schneebedeckt war ein Gipfel, der immer noch den Namen eines für seine Grausamkeit berüchtigten Sklavenjägers trug – und zu allen Zeiten schneefrei und nur halb so hoch war ein Berg, den die Kartographen nach einem der von diesem Jäger gehetzten, aus Madagaskar, Indien und Ostafrika verschleppten Opfer benannt hatten. Namen, die etwas in Erinnerung, ins Bewußtsein riefen, waren wie Pinselstriche. Und getauft wurden auf Réunion schließlich selbst die tropischen Wirbelstürme, die jährlich Schneisen der Verwüstung durch die Insel schlugen und zeigten, daß, was immer aus dem Meer oder den Wolken aufwuchs, auch wieder verschwinden mußte. Zyklone rasten über dreihundert Kilometer Urwald in einer einzigen Stunde hinweg, ließen an der Küste turmhohe Wassersäulen hochschlagen und verebbten unter Namen wie Clothilda, Firinga oder Hyacinthe in einer Chronik des Verschwindens, die auch die Namen plumper Laufvögel und Meeresschildkröten bewahrte, von Tieren und Pflanzen, die im Rodungsfeuer und unter den Schlachtmessern der Zivilisation ausgestorben waren.

Was eßbar war, beherrschbar war, meßbar, sichtbar,

was einfach da war, verschwand und war manchmal nur mit Beschwörungen und Pinselstrichen wieder ins Gedächtnis oder ins Bild zurückzurufen. Im Wachtraum des Malers hätte Réunion auch der Name für die unauflösbare Verbindung von Entstehen und Verschwinden sein können. Denn während hoch über Cilaos der erloschene Vulkan Piton des Neiges, der höchste Berg der Insel, unter den Erosionskräften allmählich in sich zusammensank und seine ungeheure Masse von Wolkenbrüchen und Passatwinden wieder ins Meer zurückgeschwemmt, zurückgeweht wurde, erhob sich im Osten der Insel der fast ebenso mächtige Vulkan Piton de la Fournaise immer noch grollend über den Indischen Ozean und schleuderte glühende Lava, metallische Fahnen aus der Tiefe gegen den Himmel – und wuchs.

Zwei mal vier Meter maß die weiß grundierte Leinwand im fernen Atelier des Malers, eine leere Wand, über die der schlaflose Wanderer nach Cilaos jetzt das Weiß und die Schatten und Lichter dieser Nacht wirbeln sah. Wie die ersten Siedler war auch er auf die Insel gekommen, um etwas hinter sich, etwas Schweres leichter werden zu lassen und in der Erfahrung des Neuen und Fremden vielleicht sogar zu vergessen. Aber ob etwas verschwand oder bloß vergessen oder verlassen wurde – irgendwann kam alles zurück oder wartete im Unbekannten darauf, wiederentdeckt zu werden. Schlugen ihm nicht die Farben, die tödlichen wie die harmlosen, deren Pigmente in seinem Atelier bereitlagen, sogar aus der Nacht, aus dem Weiß der Passatwolken wieder entgegen?

Wenn er auf der Landkarte die Kaps und Felsenbuchten Réunions miteinander verband, hatte der Maler die Schnittpunkte aller Linien stets in der Nähe von Cilaos, im Herzen der Insel gefunden. Dorthin war er aufgebrochen, ins Herz. Jetzt schlief er. Endlich, die Ohren voll Erde, die geschlossenen Augen immer noch gegen den Himmel gerichtet, schlief er.

Morgen, am vierten Tag seiner Wanderung, wird er in einem Dorf hoch in den Bergen Mittagsrast halten. Dort, unter einem korallenrot blühenden Flammenbaum, wird ein kreolischer Bauer Palmherzen, Vanilleschoten und Jackfrüchte auf einer Bastmatte zum Verkauf auslegen und ihm erzählen, daß die meisten Dorfbewohner noch nie an der Küste waren, noch nie am Meer. Und dann wird der Kreole den Wanderer nach seinem Ziel fragen und ihm sagen, daß *Cilaos* ein vom Madegassischen *Tsilaosa* abgewandelter Name sei und soviel bedeute wie *Jemand den man nicht verlassen kann.* Tsilaosa. Cilaos. Jemand den man nicht verlassen kann.

7
Corleone
Lektüre in Sizilien

In einem Olivenhain bei Corleone, Provinz Palermo, 550 Meter über dem Meer, eingerollt in einen staubigen Schlafsack, empfand ich zum erstenmal in meinem Leben etwas wie *Fernweh* nach Sizilien. Ich war damals, in einem Sommer meiner Schuljahre, in Begleitung eines Freundes unterwegs von Messina nach Palermo und Trápani und dann weiter über Agrigent, Ragusa, Syrakus und Catania bis zu den höllischen Kraterlandschaften des Ätna und sehnte mich nach jener Insel, deren Berge und Küsten mich doch seit Wochen ohnedies umgaben. Aber Sizilien schien trotz langer Fußmärsche und noch längerer Wartestunden am Rand hitzeflirrender Fernstraßen unerreichbar.

Ich träumte in jenem Olivenhain bei Corleone, aus dem uns lange nach Mitternacht zwei zornige Hunde vertrieben und Tage später, in einer anderen Nacht, zwischen Autowracks neben einer stillgelegten Tankstelle bei Catania, von einem Land, in das ich aus dem Sommerregen meiner Heimat geflüchtet war und in dem ich doch offensichtlich längst angekommen sein mußte: Was ich entlang meiner Reiseroute sah, das waren unbezweifelbar das Tal der Tempel von Agrigent, die weithin leuchtenden Ruinen von Selinunt, die wunderbaren, wie im Stein schwebenden Felsgravierungen in der Grotte von Addaura, die blaue Schlucht von Alcántara und die schimmernden Goldgrundmosaiken von Monreale … Aber ich hatte von den langen Fußmärschen und schlechten Schuhen Blasen an den Füßen und war an manchen Tagen dieser Reise so sehr mit dem Warten auf einen barmherzigen Autofahrer beschäftigt, mit der Besorgung billiger Lebensmittel und der Suche nach einigermaßen geschützten Schlafplätzen, daß darüber selbst die Fülle und aller Reichtum Siziliens verblaßten. Manchmal war mir sogar, als sei Sizilien bloß der Name einer Erinnerung und das ganze Land in einem vulkanischen Gewitter nur kurz aus dem Meer gestiegen und dann darin ebenso wieder verschwunden wie jene achtunddreißigste und letzte aller sizilianischen Inseln, die sich vor eineinhalb Jahrhunderten zwischen Malta und Pantellería rauchend über die Wellen erhoben hatte und gleich wieder versunken war und nichts hinterließ als eine ungeheure, verfliegende Wolke.

Wo also lag das Ziel meiner Reise? Wo lag Sizilien? Auf eine seltsame Weise schien aller Glanz dieses Landes von der Sorge um die nächste Tagesetappe überschattet, der Sorge um Schlafplätze, Mahlzeiten und wunde Füße, bis – ja, bis mein Freund und Reisebegleiter in Sichtweite des Ätna fieberkrank wurde und wir tagelang auf einem Streifen teerigen Strands gefangensaßen und ich in den Ruhepausen einer immer schwieriger werdenden Suche nach Heil- und Lebensmitteln – zu lesen begann.

Zuerst blätterte ich bloß ein bißchen verzagt, las dann aufmerksamer, schließlich gebannt in einem vom langen Transport zerfledderten Band, der eine Sammlung sizilianischer Dichtung und Erzählungen enthielt, und begann, Landschaften und Menschen, das Blau des Himmels und des Ionischen und Tyrrhenischen Meeres und nach und nach alles, was ich in den vergangenen Tagen und Wochen gesehen oder erfahren hatte, in den Geschichten Tomasi di Lampedusas, Elio Vittorinis oder Luigi Pirandellos wiederzuerkennen. Ich saß an einem teerigen Strand im Schatten schwarzer Felsen neben einem schlafenden Freund und reiste nun endlich doch durch Sizilien, ließ mir von einem Land berichten, dessen Sprache ich nicht verstand, erzählen von Liebe und Tod, Kämpfen unter Ehrenmännern und dem Aufstieg und Untergang ganzer Städte und versuchte dort, wo die Erzähler mich allein ließen oder keine

Antwort mehr gaben, selber weiterzuerzählen, begann, Leerstellen zu füllen. Und während das Fieber meines Freundes sank und die Blasen an meinen Füßen eintrockneten, erstand um mich herum die Gegenwart, ein Land, das sich aus einem Meer bloßer Träume erhob und – Wirklichkeit wurde.

8
Die Verbeugung des Riesen
Wallfahrt im Südchinesischen Meer

Der blaue Turm der *Bank of China* ging innerhalb von Sekunden in Flammen auf, ragte einen Herzschlag lang wie der Zeiger einer Feueruhr aus einer rotglühenden Wolke, neigte sich dann dem Meer entgegen, brach auseinander und versank lodernd in der Flut. Nach der Bank of China wurde auch die von tropischem Nebel umwehte Festung der *Hong Kong & Shanghai Banking Corporation* innerhalb von Augenblicken zum Fanal und verglühte unter einem Funkenschwarm im Südchinesischen Meer. Und schon sprang das Feuer auf die *Standard Chartered Bank* über, auf die *Citibank*, das *Hopewell Centre*, den *Wan Chai Tower* und schließlich selbst auf den seidig schimmernden Wolkenkratzer der *Bank of America*. Hongkong brannte. Ein Wahrzeichen der Insel nach dem anderen ging in Flammen auf und fuhr brennend in die Tiefe der Joss House Bay. Es war der Morgen des dreiundzwanzigsten Tages im dritten Mondmonat nach dem chinesischen Kalender, ein heißer Tag Ende April des Jahres 1989. Es war der Festtag der Himmelskönigin Tin Hau, der Göttin des Südchinesischen Meeres.

Ich saß an diesem Morgen mit einem Freund und in der Gesellschaft anderer Wallfahrer beim Frühstück auf dem Achterdeck einer Dschunke, deren rote Luggersegel schlaff in den Rauchschwaden schlugen, während die lodernde Skyline Hongkongs in den treibenden Nebelbänken erschien und wieder verschwand. Selbst aus der geringen Entfernung, aus der wir das Feuer von Turm zu Turm springen sahen, war schwer zu erkennen, daß die brennenden Wolkenkratzer nur Modelle aus Blattholz und Seidenpapier waren, Nachbildungen in den Farben und im Stahlglanz der Hunderte Meter hohen Originale – eine papierene, kaum zwei Meter hohe Bank of China, auch die Bank of America nur mannshoch und aus Papier und auf dem Wasser schaukelnd wie alle anderen Türme und Paläste der Hochfinanz, der Politik und des Handels – und alles in Flammen, flackerndes Treibgut, das als Brandopfer eine Meeresgöttin gnädig stimmen sollte.

Tin Hau, Königin des taoistischen Himmels: Ihr zu Ehren lagen wir an diesem Morgen im Verband einer Flotte von Dschunken, Flößen und Ausflugsdampfern in der Joss House Bay vor Anker. Auf einer Anhöhe über dieser entlegenen Bucht der New Territories östlich von Hongkong stand ein siebenhundert Jahre alter Tempel der Meeresgöttin in der Sonne, eine rote Holzpagode, scheinbar schwebend über den Nebelbänken und den Fliegenschwärmen, die von geräucherten Schweinehälften, süßem Brot, Honigschalen und anderen über den Strand der Bucht verstreuten Opfergaben aufschwirrten. Zu den Paukenschlägen und dem Gerassel eines rot gekleideten Orchesters flatterten Wolken von goldbedruckten roten Zetteln von den Decks eines Tragflügelbootes – Totengeld, das von den Geistern der Verstorbenen Frieden erkaufen sollte –, und wenn wieder ein papierener Wolkenkratzer in Flammen aufging, brandeten Applaus und Jubel über das glatte Wasser der Bucht. In dicht aufeinanderfolgenden Prozessionen wateten Schiffsbesatzungen an den Strand oder landeten in überfüllten Beibooten, um ihre Opfergaben im Sand zu hinterlegen, unter seidenen Fahnen zum Tempel hinaufzuziehen, im Dämmerlicht des Heiligtums Räucherspiralen zu entzünden und sich vor der umflorten Statue der Göttin zu verneigen.

Während ich mit meinem Freund bei Tee und Reisgebäck darauf wartete, daß die Reihe an die Besatzung unserer Dschunke käme, erzählten zwei Dichterinnen aus Chung Wan, dem Central District Hongkongs, an unserem Frühstückstisch die Geschichte der Göttin. Dichterinnen! Auf den Fahnen und Transparenten der Nachbarschiffe standen die

Namen großer Banken und börsennotierter Handelsgesellschaften, an Bord unserer Dschunke befanden sich dagegen nur Dichterinnen und Dichter, Erzähler, Übersetzer – Büchermenschen auf einer Ausflugsfahrt durch das Insellabyrinth im Mündungsdelta des Perlflusses: Lamma, Lantau, Cheung Chau, Peng Chau, Tung Lung, Macau …

Unsere Seereise war der festliche Abschluß eines Symposions, dessentwegen wir nach Hongkong gekommen waren, eines Gesprächs zwischen europäischen Dichtern und Erzählern und den Dichtern beider Chinas. Dieser Frühling 1989 war ein Frühling der Hoffnungen gewesen. Ein Dichter aus Peking hatte uns im Plenum von Zehntausenden Menschen berichtet, die sich nach dem Tod des großen Reformers Hu Yaobang in diesen Tagen auf dem Tien-an-men-Platz versammelt hätten und in Sprechchören und auf Transparenten ein neues China forderten, die Entmachtung des Oligarchen Deng Xiaoping forderten, Versammlungsfreiheit forderten, Redefreiheit, Gedankenfreiheit. Kein Knüppelhieb der Polizei, kein Schuß, hatte der Gast aus Peking geschwärmt, sei bisher gefallen, bis in die Nacht seien die Sprechchöre und Gesänge auf dem Platz des Himmlischen Friedens zu hören … Wie gesagt: Es war ein Frühling der Hoffnungen gewesen. Es waren die Festtage von Tin Hau, der Schutzpatronin aller, die den Untergang zu fürchten hatten.

Tin Hau, erzählten die Dichterinnen aus Chung Wan in einer melodischen Wechselrede, sei ein Fischermädchen gewesen, das im zehnten Jahrhundert, abendländischer Zeitrechnung, gelebt und während eines Taifuns auf hoher See ein Schiff und seine Besatzung vor dem Untergang bewahrt und sicher an einen Strand östlich des heutigen Macau geführt habe:

Tin Hau befahl den Wellen, ihre Kronen und alle anderen Zeichen der Macht abzulegen und sich zu besänftigen. Tin Hau ließ Nebelbänke verfliegen und brachte das Holz eines Schiffsmastes zum Blühen und wurde schließlich, im dreizehnten Jahrhundert, lange nach ihrem Aufstieg in die Höhen der Unsterblichkeit, vom Mongolenherrscher Kublai Khan, der damals ganz China in seiner Gewalt hatte, in einem feierlichen Prozeß zur Königin des Himmels ausgerufen und dem Jadekaiser zur Seite gestellt, dem Allmächtigen des Taoismus.

Noch der Name Macau, erinnerten uns die Dichterinnen an einen zurückliegenden Hafen unserer Seefahrt, die uns über die Mündung des großen Perlflusses bis ans chinesische Festland geführt hatte, noch der Name *Macau* enthalte das kantonesische *A Ma Gau*, den Beinamen Tin Haus, und bedeute soviel wie *Die Bucht der A Ma*. Macau sei der Schauplatz des ersten von vielen Wundern Tin Haus gewesen, ein Ort der Rettung.

Ein Taifun. Ein Schiffbruch. Eine Göttin. Die Rettung. Wir saßen um den Bambustisch auf dem Achterdeck und sahen, wie eine brennende Stadt aus Papier vor unseren Augen verrauchte und versank, während unsere Dschunke unversehrt über den Tiefen schwebte. Wurde ein Schiff, über das Tin Hau ihre Mädchenhände schützend hielt, unsinkbar? Nur eine Unsterbliche konnte das Meer in einen sicheren Ort und eine Hafenstadt in eine brennende Flotte verwandeln.

Und Tin Hau verwandelte auch uns, ließ eine Ausflugsfahrt zur Wallfahrt werden, Teeschalen am Frühstückstisch zu Gläsern voll Whiskey und Wein und eine im Widerschein der Flammen flackernde Nebelbank zum Lichtwunder – und selbst mein Freund war nicht mehr länger der beschwingte Tourist, mit dem ich die Märkte am Taifunschutzhafen in Kowloon durchstreift und an Buden und Marktständen Rosenholzbleistifte gekauft hatte, Notizbücher aus Reispapier, Schreibzeug in Kampferholzkästchen, Staubwedel aus Entendaunen und das in Messing gegossene Schriftzeichen *Shou*, das ein langes Leben verhieß ... Wir hatten in der Jervois Street von Sheung Wan, der Straße der Schlangenhändler, um den Preis einer jener Kobras gefeilscht, die in Hongkong jährlich zu Zehntausenden als wärmespendendes Schlangenfleisch verkauft und geschlachtet werden und hatten dann doch keine

Kobra, sondern nur einen Feng-Shui-Kompaß gekauft, mit dem die Geomanten die Wege zu bestimmen versuchen, auf denen der ebenso unsichtbare wie allgegenwärtige Drache Hongkongs vom Gipfel des Tai Ping Shan, dem Berg des großen Friedens, ans Meer kriecht. Wir hatten uns von einem Apotheker in Yau Ma Tei die heilende Wirkung von gedörrten Hornissen und gerösteten Tigerknochen erklären lassen, von zerstoßenen Perlen, geriebenem Nashorn und auch der wunderbarsten aller Medizinen: gemahlene, mit Morgentau vermischte Jade als Arznei gegen die Sterblichkeit.

Wir hatten auf unseren Landgängen gefeilscht, Souvenirs und Ramsch gekauft, in winzigen Lokalen der kantonesischen Küche Seegurken und Haifischflossen gegessen und viel gelacht. Aber jetzt, während im stillen Wasser der Joss House Bay eine ganze papierene Stadt als brennendes Opfer an ein Mädchen des zehnten Jahrhunderts unterging, verwandelte sich mein Freund vom Reisegefährten am Frühstückstisch wieder in den Dichter Hans Magnus Enzensberger, Schöpfer jener dreiunddreißig *Gesänge*, die er in karibischen, unruhigen Jahren, auf Kuba und in Berlin, geschrieben und *Der Untergang der Titanic* genannt hatte:

Wir sinken lautlos. Still steht, wie in der Badewanne,
das Wasser in den strahlend erleuchteten Palmensälen,
...
In den Booten kann man sogar das Knirschen der Taue
hören,
und phosphoreszierende Tropfen sieht man vom Ruder-
blatt,
das in Zeitlupe aus dem Meer taucht, ins Meer
zurückspringen.
Erst ganz am Ende – der dunkle Bug hat sich lotrecht
empor
aus dem Bodenlosen gehoben wie ein absurder Turm,
die Lichter im Rumpf sind erloschen, niemand sieht auf
die Uhr –
zertrümmert ein unerhörtes Geräusch die glasige Ruhe:

Aber aus dem Rumpf unserer Dschunke war nichts zu hören als das Stampfen des Dieselaggregates im Leerlauf. Keine Maschinenblöcke lösten sich aus ihren Verankerungen und donnerten gegen die Schotten einer lotrecht in die Tiefe zeigenden *Titanic.*

Wir sanken nicht.

Nicht an diesem Morgen in der Joss House Bay. Wir ertranken nicht, wir tranken uns zu, auf dem Achterdeck eines Schiffes, über das eine Unsterbliche ihre Hände hielt. Es war nicht das Schiff, das versank, sondern die Welt – brennende Wolkenkratzer, Stahlpaläste aus Seidenpapier, Türme eines zum Himmel schreienden Reichtums.

Wie ernst, beinahe feierlich mir auf einmal zumute war. Aber mein Freund Hans Magnus Enzensberger erhob sich (und mich gleich dazu) auch damals über Ernst und Feierlichkeit und erzählte den beiden Dichterinnen aus Chung Wan, wie er in einer Tragödie das Element einer Komödie entdeckt hätte:

War es das Japanische gewesen? Das Mandarinchinesische? Koreanische? Ich habe die Sprache, an die sich der Dichter erinnerte, vergessen und erinnere mich nur an eine Metamorphose, von der er mit Vergnügen berichtete: Er habe den japanischen?, chinesischen?, koreanischen? Titel seines Untergangs der Titanic von einem vielsprachigen Leser ins Deutsche zurückübertragen lassen, und der Zauber dieser Weitererzählung habe aus dem *Untergang* eine *Verbeugung*, aus der *Titanic* aber einen *Riesen* gemacht und so die Katastrophe in eine *Verbeugung des Riesen* verwandelt.

Die Verbeugung des Riesen?, wiederholte eine der beiden Dichterinnen aus Chung Wan und sah meinem Freund in die Augen, kreuzte ihre Arme vor der Brust und verbeugte sich – lächelnd, anmutig, leicht.

9
Ach, Carlos
In Memoriam

Karl Markus Michel war ein friedlicher Mann, der seinen Zeitgenossen weder Rang, Ehre noch Besitz streitig machen wollte. Seine Freunde nannten ihn *Carlos*, aber er hatte wohl selbst unter den Menschen Freunde, die ihn mit *Sehr geehrter Herr* ansprachen, wenn sie sich um ihn als Autor, Herausgeber, Lektor, Essayisten oder Philosophen bemühten. Geehrt oder geliebt: an seinem Ende wollte dieser Mann nicht nur die bescheidensten Titel, sondern auch alle seine Namen wieder ablegen und verfügte in einem letzten Willen, man möge seine Manuskripte, Fotos, Briefe, alles vernichten, seinen Leichnam verbrennen und die Asche auf dem Urnenfeld A9 des Berliner Friedhofs Heerstraße, dem Feld der Namenlosen, anonym bestatten.

Ich habe dieses Feld an einem Wintertag unter einer dünnen weißen Decke gesehen. Der leichte Schneefall dieses Tages tilgte alle Spuren der Erdarbeiten, die nötig gewesen waren, um eine Karrenladung voll Urnen mit der Asche von Menschen zu begraben, die Gleiches verfügt hatten wie mein Freund. Eine weiße Fläche, ohne Grabstein, ohne Grabhügel, ohne ein Zeichen der Erinnerung. Nur am Rand des Urnenfeldes und wie auf der Flucht vor der Leere verloren, lag ein Blumenkranz für eine wohl gemeinsam mit Carlos bestattete Frau. Ihr Name schien mir an diesem Morgen für alle Namen der hier für immer Verschwundenen und Betrauerten zu stehen, bestand die Inschrift auf der Kranzschleife doch nur aus zwei Worten: *Ach, Lucy*

Carlos hätte wohl über jenes Steinmal gelacht, das ich ihm Wochen vor seinem Tod, an einem Steilhang der Caha Mountains auf der Halbinsel Beara im Südwesten Irlands, gemeinsam mit einem irischen Begleiter errichtet habe. Wenn Carlos lachte, dann stets verhalten, eher in sich hinein als über die Köpfe hinweg und so leise wie er sprach. Wenn Stimmengewirr oder Lärm ihn zwangen, seine Stimme zu erheben, war er schnell zu erschöpfen. Er hätte gelacht: ein Steinmal, ein Steinmann im Hochmoor zwischen Cork und Kerry – ausgerechnet ihm!

Die Errichtung dieses mannshohen Zeichens unter einem klaren, über der Atlantikküste stürmischen Herbsthimmel war zunächst tatsächlich mehr Spiel als Arbeit, gar Erinnerungsarbeit gewesen – Stein auf Stein: bloß dazu geeignet, uns in einer windigen Höhe warmzuhalten, die wir wegen des weiten Blicks über Felseninseln und Meer und auf die hellblauen Seen einer Hochmoorlandschaft nicht so schnell wieder verlassen wollten. Erst als wir den Schlußstein auf unser Werk setzten, einen von Flechten und Moos pelzigen Schieferbrocken, erinnerte mich mein Begleiter daran, daß solche Male schon seit der Zeit prähistorischer Jäger immer auch eine Bedeutung getragen hätten, einen astronomischen oder spirituellen, zumindest aber einen Sinn als Wegzeichen. Aber in den Caha Mountains gibt es kaum Wege. Also beschwerte ich den Steinmann allein mit dem Wunsch, daß Carlos, der Freund in der Ferne, wieder zu Kräften kommen, ja gesund werden möge. Er lag damals im Sankt-Marien-Hospital in Berlin und kämpfte gegen die Metastasen eines Primärtumors in der Lunge.

Gewiß, Carlos hätte über das Steinmal gelacht und hätte sich, ebenso gewiß, insgeheim darüber gefreut. Für Nachrichten aus den Bergen Corks aber war es zu spät, als ich damals nach Berlin kam. Carlos war am Morgen des 15. November des Jahres 2000 gestorben; sein Arzt sagte: im Schlaf. Ich weiß, daß ihm seine vertrauteste Freundin am Morgen jenes Tages einen Strauß englischer Rosen ans Bett brachte, und ich stelle mir vor, daß dieser Strauß das Zimmer noch schmückte, als es schon leer war.

Steinmale? Moor? Gebirge? Seltsam, wie oft mir Carlos gerade über größere, manchmal größte Entfernungen hinweg nahe erschienen ist. Vieles von dem, was mich anzog, hat er, wenn schon nicht verabscheut, so doch gemieden. Die Einöde?, Wildnis? Um Himmelswillen!, nur keine von Regen und Hagelschloßen, Insekten oder Schnee durchwirbelten Landschaften. Und freier Himmel, wenn überhaupt, dann vielleicht auf einer Seepromenade oder Terrasse, in einem Korbstuhl etwa, in der Hand ein Glas trockenen Weißweins.

Carlos hat Landschaften, sofern sie nicht auf Gemälden vor ihm lagen, die er sammelte oder als unerschwinglich bloß bewunderte, grundsätzlich aus der Ferne betrachtet. Dabei haben wir einige der weitesten Reisen, die ich jemals unternahm, zusammen gemacht – zu Fuß, im Hochwinter!, und er trug dabei, wie immer, bloß Sommerschuhe. Soweit ich mich erinnere, war immer Winter, wenn wir durch die Säle der Nationalgalerie in Berlin, des Städelmuseums in Frankfurt, der Münchner Pinakothek oder des Kunsthistorischen Museums in Wien gingen, wanderten, vorüber an Bildern, die ihm die eigentlichen Fenster waren in die Welt. Städtischer Spaziergänger, selten Weltreisender und niemals Abenteurer, schien Carlos die Welt lieber durch diese Fenster zu betrachten als durch die Bullaugen von Flugzeugen und Schiffen und hörte Berichten aus dem Irgendwo manchmal amüsiert zu, Botschaften von anderen Sternen, blieb dabei aber immer aufmerksam, ja forderte mit seinen Fragen von jedem Berichterstatter, sich weiter und genauer und noch genauer zu erinnern:

Die Mondtore eines Tempels im Hongkonger Stadtteil Aberdeen? Das von Dschunken ins Südchinesische Meer flatternde Totengeld, Opfergeld zur Besänftigung der Geister? Und Lü Dong Bin, einer der acht Unsterblichen des Taoismus, der achtzehn Jahre lang vor einer Schale Hirsebrei geschlafen hatte? – Selbst wenn Carlos von seiner Geburtsstadt Hongkong erzählt wurde, wo er, als Sohn eines Missionars 1929 geboren, jene frühesten Lebensjahre verbracht hatte, an die es keine bewußte Erinnerung gibt, hörte er ohne Fernweh und Sehnsucht zu und verblüffte den Erzähler manchmal mit seinen Fragen: Achtzehn Jahre Schlaf? Wer hat die achtzehn Jahre des Schlafes von Lü Dong Bin gezählt?

Es war Carlos mit seinen Fragen, ein Spaziergänger in Sommerschuhen, der mich oft dazu bewegte, weiterzuerzählen, weiterzuschreiben von dem, was wirklich *und* was bloß möglich war. Der Osten jener Stadt, in der er schließlich bis zu seinem Tod lebte, der Osten Berlins? Carlos hat alle Orte, selbst Viertel seiner eigenen Stadt gemieden, solange sie nur durch Stacheldrahtverhaue oder bloße Löcher in einem Wall zu erreichen waren. Ich erinnere mich, daß er mich Jahre vor der Schleifung der Berliner Mauer zum Bahnhof Friedrichstraße begleitete und dann, nach meiner Rückkehr aus dem *Osten*, in seiner Wohnung bewirtete: Aus Dutzenden Gemälden an den Wänden dieser Wohnung schien Licht wie durch Fensterreihen in die abendlichen Räume zu fallen. Nein, Carlos wollte viele Orte, von denen ihm berichtet wurde, niemals oder niemals wieder betreten, umgaben sie ihn doch in so vielen Farben, Schattierungen und Perspektiven auf den Gemälden seiner Sammlung oder, auf den Begriff gebracht, in Sprache verwandelt, in den Tausenden Bänden seiner Bibliothek.

Ich habe Carlos, der sich in Städten niemals gefangen, sondern immer geborgen fühlte, manchmal mit fast missionarischem Eifer ins Freie mitzunehmen versucht, in Gegenden, die mir vertraut waren und deren Zauber ich ihm vorführen wollte. Wenn er sich gelegentlich auf kurze Reisen begab und wir uns beispielsweise in Wien trafen, habe ich ihn überredet, mich in die Hügelketten des Wienerwaldes zu begleiten, wo wir dann schließlich in einem kahlen Wirtshaus Zuflucht suchen mußten, die einzigen Gäste, und aus vergitterten Fenstern, in denen bei schönem Wetter die ganze Stadt in einer bläulichen Tiefe hätte erscheinen sollen, in dichtes Schneetreiben hinausstarrten. Über unseren Köpfen zeigten Jagdtrophäen, staubige Hirschgeweihe, zum vergilbten Plafond. Ein anderes Mal, es war an der ungarischen Grenze, scheuchte uns ein Wolkenbruch in den mit Rotschimmel ausgeschlagenen Keller eines Weinbauern, während oben, auf einer Terrasse mit großer Aussicht, meterhohe Kakteen, Lieblinge eines leidenschaftlichen Gärtners, unter schlagenden Wasserfahnen alle ihre Blüten verloren. Nach unserer glücklichen Rückkehr in die Stadt sahen wir im Nachtprogramm eines Wiener Kinos einen langen, langen Film über Japan, der meinem Besucher aus Berlin jene zauberische Seenlandschaft mit ihren roten Holztempeln und Shintoschreinen am Fuß des heiligen Berges Fujisan vorführen sollte, aus der ich gerade zurückgekehrt war.

Carlos fand Lehrfilme unerträglich, haßte philosophische, aus dem *Off* leiernde Kommentare über Japan und die Wunder der Natur, haßte Hirschgeweihe, schimmelfeuchte Keller, Wolkenbrüche, Schneetreiben, geschwätzige Gärtner und Ausflugsgasthäuser und ... – aber von seinen Vorlieben und Abneigungen erfuhr ich in diesen Jahren immer zu spät. Erst allmählich begann ich meine missionarischen, regelmäßig scheiternden Bemühungen als das zu begreifen, was sie waren – hoffnungslose Versuche, ihm zu vergelten, was er mir gezeigt, was er mir geraten, was er mir erzählt hatte.

Denn was Carlos nicht nur aus seiner anscheinend grenzenlosen Belesenheit, sondern auch aus seinem Leben erzählen konnte, war oft eindrücklicher und bewegender als der abenteuerlichste Bericht – wenn er sich an das im Bombenfeuer verglühende Darmstadt erinnerte, an die Straßenzüge seiner Kindheit und Jugend, an leere Fassaden, in deren Fenstern der Himmel in Flammen stand, an die kochenden Tümpel der Granattrichter, an denen er als fünfzehnjähriger Schüler und panischer Flakhelfer vorüberrennen mußte, vorbei an Leichen und Fluchtlinien entlang, die in Bunkern und vor nie wieder vergessenen Fragen endeten: Wohin, um Himmelswillen, konnte ein Weg noch führen, Fluchtweg, Ausweg oder gar Bildungsweg, der Ruinen und Berge von Leichen nicht zu umgehen vermochte? In welche Gesellschaft? Welche Zukunft?

Carlos hat auf solche und andere Fragen in einem ebenso bitteren wie feindseligen Nachkriegsfrieden, der schnell den treffenderen Namen eines Kalten Krieges annahm, bei Lehrern nach Antworten gesucht, die Max Horkheimer und Theodor Wiesengrund Adorno hießen, Lehrern, die im Verlauf jener Jahre selber zu Ikonen eines das Grau in Grau der Philosophie durchdringenden Denkens wurden, für ihn aber stets Menschen blieben, mit denen er als Student, dann als Mitarbeiter freundschaftlichen Umgang hatte. Zwar gab es kaum jemanden, der die Werke dieser Heiligen tiefer verstanden und besser zu würdigen gewußt hätte als Carlos, aber wenn er von ihnen erzählte, nahmen ihre Legenden manchmal durchaus anekdotische Facetten an. Dann erschien etwa Max Horkheimer, versunken in heitere Gespräche mit den Huren des Frankfurter Westends: nachbarschaftliche Plaudereien zwischen Philosophie und Prostitution, die Carlos aus den Souterrainfenstern des Frankfurter Institutes für Sozialforschung als Assistent beobachtet hatte, bevor er sich selber in einen Protagonisten der Geistesgeschichte verwandelte. Denn spätestens nachdem er gemeinsam mit seiner Frau die legendäre *weiße* Gesamtausgabe der Werke Georg Friedrich Wilhelm Hegels neu ediert und herausgegeben hatte, begann ihn nicht mehr bloß das Grau der Philosophie, sondern auch der diskrete Ruf einer Grauen Eminenz der deutschen Vernunft zu schmücken. In diesen weißen Bänden, die von Studenten und anderen Interessierten am Deutschen Idealismus jener Jahre ebenso gerne gestohlen wie gekauft wurden, stand aber nicht etwa *herausgegeben von*, *neu ediert* oder *veranstaltet von* undsoweiter, sondern schlicht: *Redaktion Eva Moldenhauer und Karl Markus Michel.*

Die Phänomenologie des Geistes in Weiß: Für einen Philosophiestudenten wie mich, der damals eine Generation hinter Carlos eine Dissertation über Max Horkheimer begann und niemals beendete, blieb aber stets ermutigender als diese Großtat, daß auch Karl Markus Michel, der Redakteur Hegels, eine begonnene Dissertation über Franz Kafka nie beendet, sondern sich schließlich einem Schreiben zugewandt hatte, das anderen als akademischen Regeln folgen wollte. Einem Schreiben, das er schon allein deshalb niemals leicht nehmen konnte, weil es ihm schwerfiel, schwerer als alles andere. Auch das ermutigte mich und wurde mir vertraut.

Schon das Protokoll unseres ersten Zusammentreffens hätte Teil einer leicht zu erzählenden und schwierig zu schreibenden Geschichte sein können: Ich war um mehr als eine Stunde zu früh aus Wien zu einem Termin, den ich auf keinen Fall versäumen durfte, ins Münchner Villenviertel Bogenhausen gekommen und saß wartend, fröstelnd in meinem Volkswagen vor einem Haus, das mir als Residenz und nicht als bloße Redaktionsadresse erschien – wurde hier doch an einer Art Utopia vieler Zeitschriftenschriftsteller jener Tage gearbeitet, der Monatsschrift *TransAtlantik*. Zwar gab es in dieser Redaktion keine Hierarchien und Titel, aber was anderswo Chefredakteur geheißen hätte, bekleidete hier ein *Sehr geehrter Herr Michel*. Ich hatte ihn bis zu dieser Stunde noch nie gesehen und kannte keines der seltenen Fotos, die es von ihm gab. Ich erinnere mich auch hier an leichten Schneefall und war gerade dabei, ordinären Lärm in Kauf zu nehmen, um mich wenigstens am Leerlauf des Motors einige Minuten zu wärmen, als ein hochgewachsener, schwarzhaariger Mann, an dem mir alles dunkel und bedeutsam erschien, die Residenz verließ. Er trug einen wehenden Mantel, und ich war überzeugt, einen geradezu klassischen Autor von TransAtlantik an meinem Käfer vorüberschreiten zu sehen. Hinter einer Zeitung in Deckung, versuchte ich dieser unnahbaren Erscheinung eine jener eleganten Geschichten zuzuordnen, die ich bis dahin in TransAtlantik gelesen hatte und an denen ich mich im Gespräch der kommenden Stunde wohl messen lassen mußte – dem ersten (und einzigen) Vorstellungsgespräch meines Lebens!

TransAtlantik – das Ende der Bescheidenheit las ich dann auf einem nachlässig, wie zur beiläufigen Erinnerung an die Wand des Sekretariats gehefteten Zettel, durch das ich nach Ablauf meiner Käferstunde ins Zimmer des sehr geehrten Herrn Michel geführt wurde und dort – wie in der Geschichte vom Hasen und vom Igel – jenen hochgewachsenen, dunklen Mann freundlich lächelnd an einem seltsam aufgeräumten, fast leeren Schreibtisch wiederfand. Ich hatte ihn die Residenz zwar verlassen, aber nicht wieder betreten sehen.

Ich erinnere mich, daß im Verlauf meiner stockenden Beschreibung von Themen und Plänen auch der Schneefall vor den Fenstern stärker wurde, erinnere mich an die völlig unpassende Sorge um das Profil meiner Sommerreifen, die mich plötzlich überfiel, und erinnere mich insgesamt an eine Fahrigkeit und Nervosität, mit der ich diesem innerhalb eines Augenblicks vom Autor zur absoluten Autorität aufgestiegenen Mann schließlich die falsche Mappe übergab. Diese weiße Flügelmappe hätte Arbeitsproben enthalten sollen, Geschichten, Reportagen, und ihren Leser geneigt machen, in mir einen TransAtlantik-Autor der Zukunft zu sehen. Die falsche Mappe!, wie ich erst später, längst zurück in Wien, bemerkte.

Was für eine seltsame Empfindung aus Peinlichkeit und Triumph, mit der ich dann Carlos' besänftigende Stimme am Telefon hörte: die Geschichte wäre, mit einer entsprechenden Einleitung, durchaus für TransAtlantik geeignet. Ich hatte ihm irrtümlich eine Vorarbeit zu einem Roman über eine österreichisch-ungarische Arktisexpedition zurückgelassen und erhielt meinen ersten Auftrag – eine Reportage über Polen. Aber Polen litt damals am Kriegsrecht, seine Militärbehörden verweigerten mir die Einreise und ich mußte nach meinem Triumph bleiben, wo ich war. Und in dieser ratlosen Enttäuschung war es wieder Carlos, der mich besänftigte und ermutigte, mich trotzdem auf den Weg zu machen – in die Flüchtlingslager bei Wien, in Archive, eisige Wohnungen, zu den diplomatischen Residenzen der Diktatur und den von Fahnen umflatterten Zielen polnischer Wallfahrer in österreichischen Bergen. Und ich schrieb, schrieb meinen ersten Beitrag für TransAtlantik, eine Geschichte über die Schwarze

Madonna von Tschenstochau, über die *Königin von Polen*, ohne auch nur einen Fuß in ihr Reich gesetzt zu haben.

Unbetretene Felder. Schnee. Erinnerungen. Ich war im Frühjahr nach Carlos' Tod wieder in den Caha Mountains, wieder gemeinsam mit dem Begleiter des vergangenen Jahres. Aber als wir den Sattel erreichten, an dem wir an einem strahlenden Herbsttag unser Steinmal errichtet hatten, fanden wir nur noch die verstreuten Trümmer eines Bauwerks, das hier noch in einem Jahrhundert hätte aufragen sollen. Kaum ein Stein war auf dem anderen geblieben. Wir hatten nicht bedacht, daß während der Wintermonate und in Wolkenbrüchen das Wasser in Sturzbächen und Kaskaden von den Bergrücken herabschießen, über diesen Sattel rauschen und alles unterspülen, zum Einsturz bringen und davontragen würde, was seinen Weg ans Meer behinderte. Der Sattel lag nun wieder beinahe so leer im einsetzenden Regen, wie er vor uns gewesen war.

Und? fragte mich mein Begleiter – dein Freund, ist er wieder gesund?

Er ist gestorben, sagte ich, verbrannt und begraben in Berlin.

Und ohne ein weiteres Wort, wie auf ein längst verabredetes Zeichen, begannen wir auf jenem Schauplatz der Erosion und des Verschwindens, an einem wohl bis ans Ende allen Regens zyklisch überfluteten Ort im Südwesten Irlands, unseren Steinmann ein zweites Mal zu errichten.

10
Hiergeblieben
Sehr geehrte Damen und Herren!

Das Dümmste, was man über irgendein dichterisches Werk sagen konnte ... – so läßt Luciano De Crescenzo in seiner Geschichte der griechischen Philosophie den angeklagten Sokrates sprechen – *Das Dümmste, was man über irgendein dichterisches Werk sagen konnte, kam stets von seinen Dichtern ...*

Wenn von der Darstellung und Erklärung der eigenen Arbeit die Rede ist, sehr geehrte Damen und Herren, gerät gewiß nicht nur der Dichter in Gefahr, eitel oder lächerlich zu erscheinen: Jeder, der vom Lob oder den Angriffen der Kritik genötigt vor sein *Werk* tritt und glaubt, der Welt eine Erklärung schuldig zu sein, findet sich plötzlich in einer seltsamen Fremde wieder, in einem Ausland, in dem andere Bräuche gepflegt, unverständliche Sprachen gesprochen werden und insgesamt nichts mehr zu gelten scheint von dem, was in der Zeit der Arbeit an diesem Werk vertraut und von Bedeutung war.

Saß beispielsweise ein Schriftsteller oder Dichter

eben noch an seinem Manuskript, über Monate und Jahre mehr oder weniger allein mit seinen ästhetischen und finanziellen Schwierigkeiten, so findet er sich nach der Verwandlung seines Manuskriptes in einen lieferbaren Titel vor kleinerem oder größerem Publikum wieder, mehr oder weniger Fragen ausgesetzt, die ihn mehr oder weniger und oft nicht im geringsten interessieren: Es sind nicht seine Fragen. Für einen Schriftsteller oder Dichter sind zu diesem Zeitpunkt schließlich alle Probleme der erzählerischen und geschäftlichen Gestaltung seiner Arbeit gelöst, sind Verlagsverträge in Kraft gesetzt, Garantiehonorare verbraucht, die ersten Belobigungen oder Angriffe der Kritik ausgestanden – und der ganze schreibende Mensch endlich frei, mit seiner Arbeit wieder von vorne zu beginnen.

Aus jener Schreibtischferne, in die ihn sein eigenes Werk verschlagen hat, ist die Rückkehr allerdings nicht so unbeschwerlich, wie es einem freien Schriftsteller zu wünschen wäre. Denn will er sich irgendwann im Verlauf der Sprech- und Fragestunden, nachdem er beispielsweise ganze Kapitel seines Romans eingedampft und schlechten Gewissens in einfache Hauptsätze oder *Statements* übersetzt hat, endlich verabschieden, um sich einer neuen Geschichte oder seinen eigenen Fragen zuzuwenden, heißt es plötzlich: Hiergeblieben!

Zunächst scheint sich sein Rückzug nur kurz und

aus harmlosen Gründen zu verzögern; möglicherweise wird er gebeten, für ein Erinnerungsbild neben seinem Werk Aufstellung zu nehmen, ein bißchen zu posieren, sich für einen Toast oder eine abschließende Bemerkung zur Verfügung zu halten, ein kleines Gespräch – bis der freie Schriftsteller seinen Mantel doch wieder ablegt, noch einmal Platz nimmt, sich nachschenken läßt und allmählich zu begreifen beginnt, daß es offensichtlich nicht genügt hat, ein Buch bloß zu schreiben, daraus vorzulesen und die Strapazen der Diskussion über Kunst und Literatur ohne ernste Verletzungen zu überstehen.

War er beispielsweise in den Jahren der Arbeit noch davon überzeugt, nur eine von vielen Geschichten in nur einer von vielen möglichen Erzählweisen der Literatur aufzuzeichnen, wird er nun belehrt, daß auch ein einziges Buch *alles* leisten sollte, was der Literatur insgesamt zugetraut wird: Sein Buch soll beispielsweise das Wirkliche *und* das Mögliche enthalten, soll zugleich Gesellschaft und Natur, Staat und Schicksal, Gegenwart und Geschichte vorführen, ja *enthüllen*, das alles möglichst unterhaltsam und doch radikal, aber wohlgesetzt, undsofort, und nebenbei soll in diesem einen Buch auch die gesamte Erzählkunst wie in einem Atemzug bewahrt, gebrochen, überwunden und weitergeführt und die Welt – auch die vergleichsweise winzige und unbedeutende der Literatur – dadurch entscheidend verbessert werden.

Aber selbst wenn ihm ein solches Universalbuch gelänge, wird der freie Schriftsteller belehrt, er hat seinen Mantel längst aus den Augen verloren und macht nun keine Anstalten mehr, sich zu verabschieden – selbst wenn …, wäre das noch längst nicht alles.

Ein Buch? Das kann, das darf nicht alles gewesen sein. Seinem Autor werden die möglicherweise darin verschlüsselten Meinungen abverlangt, Grundsatzerklärungen, Predigten über Gott und die Welt: Im Bedarfsfall soll auch der Dümmste noch auf den ersten Blick erkennen, welche Art von Freiheit der freie Schriftsteller meint, wenn er sich die Freiheit nimmt und *frei* sagt …

Und schließlich, im letzten Akt seiner Belehrung, wird der freie Schriftsteller auch noch über seine eigentliche Bestimmung aufgeklärt: Nachdem er unter der Anleitung von Kritik und Wissenschaft bereitwillig die Unterhaltung, Beratung und moralische Unterstützung seines Publikums übernommen hat, soll er – in einer arbeitsteiligen Gesellschaft durchaus logisch – auch noch eine Figur des Gewissens und Gedächtnisses seiner ganzen Nation verkörpern.

Möglicherweise wird der freie Schriftsteller nun einwenden, daß einer, der ein gutes Kunstwerk zustande gebracht hat, nicht notwendig ein guter Mensch sein muß, daß er sich vorbehalte, unter Umständen selbstsüchtig, geldgierig und unmoralisch zu sein, ungerecht und ohne Mitleid – wie vieles in der Kunst. Aber solche Einwände wird man in der Begeisterung über die ehrenvollen Aufgaben, die man ihm und seiner Arbeit zugedacht hat, nachsichtig überhören.

Sehr geehrte Damen und Herren, auch wenn uns einige hirnverbrannte Theologen und Politiker mit Verboten und Bücherverbrennungen gelegentlich vorführen, daß Literatur immer noch etwas zum Fürchten sein kann, läßt sich doch unabhängig vom Ort und der Zeit seines Erscheinens nur schwer abschätzen, was ein Buch zu bewirken vermag. Ein Satz, der eben noch todesmutig und revolutionär klang, wirkt schon einige Jahrzehnte später am gleichen Ort möglicherweise lächerlich, während er beispielsweise zwei-, dreihundert Kilometer in südöstlicher oder entgegengesetzter Richtung nichts von seiner empörenden Kraft verloren hat. Was immer Büchern aber zugetraut wird – es kann nicht mächtiger sein als die Sprache selbst: Wo jedes Wort und alles Reden vergeblich bleibt, ist auch Literatur umsonst.

Um Ihnen als Beispiel einen Menschen zu nennen, der im Gegensatz zu einer Horde von Generälen und mitgelaufenen Untertanen, darunter auch Dichtern, in der Erinnerung gewöhnlicher Enzyklopädien nicht mehr vorkommt: Wäre etwa das Bombenattentat auf Adolf Hitler geglückt, das der Arbeiter Georg Elser im November 1939 gewagt hat und dafür hingerichtet worden ist, dann hätte vermutlich ein einziger Mann die politische Wirkung der gesamten Literatur seiner Sprache und Zeit bei weitem übertroffen.

Sehr geehrte Damen und Herren, ich rede hier gegen meine Grundsätze, denn ich habe mich vergeblich gefragt, warum etwa eine Ehrung oder die Überreichung eines Schecks für den Geehrten oder Beschenkten Anlaß sein soll, sich öffentlich Gedanken zu machen. Denn wie der freie Schriftsteller durchaus auf Poesie und das Pathos eines Predigers verzichten kann, wenn er sich politisch äußert, genügt es auch im Fall seiner Ehrung, wenn er nicht als Dichter, sondern als einigermaßen aufgeklärter Mensch spricht und sich dabei endlich auf einen einfachen, aus drei Worten bestehenden Hauptsatz beschränkt:

Ich danke Ihnen.

Fußnoten

Zehn Geschichten vom Erzählen:
Entstehungsjahre und Anlässe

Auf und davon

1999. Zum 60. Geburtstag der Verlegerin Monika Schoeller

Die Erfindung der Welt

1995. Zur Verleihung des *Franz Kafka Preises* in Klosterneuburg bei Wien
(*Kursiv* gesetztes Zitat aus: Franz Kafka, Das Schloß, in: Werke, S. Fischer Verlag 1986)

Am See von Phoksundo

1998. Zur Verleihung des *Friedrich Hölderlin Preises* in Bad Homburg
(*Kursiv* gesetztes Zitat aus: Friedrich Hölderlin, *Hälfte des Lebens,* in: Sämtliche Werke und Briefe, Band I, Carl Hanser Verlag, München 1992)

The Last Picture Show

2000. Zu *Lichtjahre entfernt* – der vierten von sieben Etappen des Zyklus *Unterwegs nach Babylon – Spielformen des Erzählens* bei den Salzburger Festspielen 2000: *Dichter zu Gast*

Luftburgtheater

1998. Zum Abschied des Regisseurs Claus Peymann als Direktor des Wiener Burgtheaters

Cilaos

1999. Zum Gemälde *Cilaos, Öl auf Leinwand, 200 x 400 cm* der Werkschau *Vice* von Hubert Scheibl im Museum Moderner Kunst Wien

Corleone

1997. Zur Verleihung des *Premio Mondello* in Palermo, Sizilien

Die Verbeugung des Riesen

1999. Zum 70. Geburtstag des Dichters Hans Magnus Enzensberger

(*Kursiv* gesetztes Zitat aus: Hans Magnus Enzensberger, *Siebzehnter Gesang,* in: *Der Untergang der Titanic – Eine Komödie*, Suhrkamp Verlag, Frankfurt am Main 1978)

Ach, Carlos

2001. Zum ersten Todestag des Philosophen Karl Markus Michel

Hiergeblieben

1989. Zur Verleihung des *Anton Wildgans Preises* in Wien

Christoph Ransmayr, 1954 in Wels/Oberösterreich geboren, studierte in Wien und lebt zur Zeit in West Cork, Irland. Seine Romane wurden bisher in dreißig Sprachen übersetzt.